スーパー北斗殺人事件

西村京太郎

JN054605

双葉文庫

目次

十津川警部
スーパー北斗殺人事件

第一章　グリーン車の女

1

　北海道《ほっかいどう》新幹線が開業してから、様々な議論が出ている。

　とにかく、新幹線に乗って青函《せいかん》トンネルを抜け、北海道の地、函館《はこだて》（正確にいえば新函館北斗《しんはこだてほくと》）に到着できるようになった。それが楽しいという人もいれば、北海道新幹線は新函館北斗駅に到着できても、肝心の札幌《さっぽろ》までは通じていないではないかと、それを未完成だという人もいる。

　確かに北海道新幹線は、北海道に辿り着いたことは辿り着いたが、入口の函館までではないか。肝心の札幌までいっていないではないかという批判である。

　現在、東京駅で北海道新幹線「はやぶさ」に乗っても、当然、新函館北斗駅止りである。

北海道新幹線には、もうひとつ弱点があった。

開業の日、取締役のひとりが、テレビでこんな発表をした。

「本日、待望の北海道新幹線が開業いたしました。東京―新函館北斗の所要時間は、四時間二分です」

いかにも口惜しそうに、いったのである。

統計の上で四時間までの旅行は、鉄道を使うが、四時間以上となると、飛行機を使うといわれている。たぶん、取締役は、このことが頭にあったのだろう。たった二分が、いかにも口惜しかったに違いない。たった二分ぐらい簡単に縮められそうだが、北海道新幹線には、問題の箇所があった。

青函トンネルである。

ここは、貨物列車も通過するため「はやぶさ」は、トンネル内で百四十キロ以上のスピードが出せないのだ。

この二つが、今のところ、北海道新幹線の問題だが、新函館北斗から残りの札幌までを引き受けて走っているのが特急「スーパー北斗」である。

「スーパー北斗」は七両編成のジーゼル特急である。ジーゼル特急のなかで初めて時速百三十キロを成功させた。カーブを走る時は車体を傾けて走行する、いわゆる振り子列車である。

現在、函館―札幌間を走っているが、この「スーパー北斗」の先頭のジーゼル機関車には「FURICO281」というロゴマークがつけられている。このルートには「スーパー北斗」のほかに、スーパーのつかない特急「北斗」の二つの列車が走っていたが、特急「北斗」に新しい車両が投入され、今年の春から特急「北斗」から「スーパー北斗」に名前を変えた。今までの「スーパー北斗」のほかに「北斗」が三往復新しい車両に変わり「スーパー北斗」の名前になって函館―札幌間を走ることになったのである。

現在、いまだに新幹線が走らない函館―札幌間も、このジーゼル特急「スーパー北斗」が受け持っていることになる。

つまり、函館―札幌間は新幹線「はやぶさ」に代わって、ジーゼル特急「スーパー北斗」が走っているわけだが、これ以上のスピードが出る特急列車は、北海道には走っていないのだから、代わりの列車としては、最高の列車なのである。

「スーパー北斗」は、函館と札幌を結んでいるが「はやぶさ」が着く新函館北斗駅にも停車するから、この駅で「はやぶさ」から乗り換えることもできる。

新函館北斗駅から札幌行の特急「スーパー北斗」に乗ると、長万部《おしやまんべ》までは函館本線を走る。

面白いのは、この先である。

長万部から路線は二つにわかれる。いわゆる山側と海側にわかれるのだが、函館本線のほうは、山側に伸びている。この函館本線の先に、小樽《おたる》があり、そこを経由して札幌に着く。一見すると、こちらのほうが主線のように見えるのだが、なぜか、こちらの函館本線には、走る列車の本数も少なく、特急も走っていない。

一方、海側のルートは、長万部の先は室蘭本線《むろらんほんせん》になり、札幌にいくには、さらに千歳《ちとせ》線を利用することになる。それにもかかわらず、札幌行の特急「スーパー北斗」も海側のルートを走っているのである。

なぜか、札幌行の特急列車は、ほとんど函館本線、室蘭本線、千歳線を通る。今や、北海道の主力路線は、海側を通り、いくつかのルートを通ることになっている。

現在、洞爺《とうや》に住み。洞爺から札幌の大学に通っている関口透《せきぐちとおる》も、もちろん特急「スーパー北斗」を利用していた。

洞爺から札幌までの所要時間約二時間。

本来ならば、札幌にマンションを借り、そこからN大に通えばいいのだが、洞爺で古くから旅館をやっている両親が、N大にいくのなら、洞爺から「スーパー北斗」で通ってほしいといわれて、関口は仕方なく「スーパー北斗」で札幌まで通うことにしたのである。

両親にしてみれば、ひとり息子の透には、何としてでも旅館〈洞爺一番館〉を継いでもらいたいのである。関口透も仕方なく「スーパー北斗」で札幌まで通学することにしたのだが、その代わり、疲れた時などにはグリーン車を使ってもいいことにしてもらった。

現在、関口透が利用しているのは、特急「スーパー北斗1号」だった。

函館を六時一〇分に発車する「スーパー北斗1号」は、関口の乗る洞爺には七時五八分、終点の札幌に着くのは九時四八分である。

「スーパー北斗1号」は、七両編成だった。下りの場合は、7号車が先頭車で、1号車、2号車、3号車、4号車、5号車が指定席、6号車、7号車が自由席、グリーン車は、3号車一車両である。

両親の許可を取ってあるので、関口は、時々3号車のグリーン車を使ったりする。関口が、たまたま月曜日に、グリーン車に乗った時、彼女に出会ったのである。

朝の早い「スーパー北斗1号」である。グリーン車の乗客も、まばらだった。そのまばらな乗客のなかに彼女がいたのだ。

そのうち、彼女は毎週月曜日に「スーパー北斗1号」のグリーン車に乗っていることがわかってきた。

彼女はいつも、一番後ろの座席に腰をおろしていた。関口は最初、その理由が、わからなかったのだが、彼女が車椅子を使っていることがわかって納得した。最後尾の座席のほうが、車椅子を置きやすいのだ。それでいつも最後尾に座っているのだ。

関口は終点の札幌までいくのだが、彼女も同じように、札幌まで乗っていく。そこには、中年の背広姿の男が迎えにきていた。彼女を車椅子に乗せ、ホームを改札口方向へ向かって押していく。彼女は杖を持っているから、短い距離なら、杖を使って歩けるらしい。ただ、遠い距離は無理なので車椅子を使い、札幌には、中年の男が毎回迎えにきているらしいことがわかった。

初めて彼女を見た時、車椅子を使っていることに気がつかなかったのだが、

（寂しい笑顔だな）

と思った。その原因が、車椅子にあることに気がついた。彼女に興味を持つうちに、毎週月曜日には「スーパー北斗1号」のグリーン車を使うようになっていった。月曜日のグリーン車に乗れば、必ず彼女が一番後ろの席に座っていた。

彼女の何に惹かれたんだろうか。そう考えることがある。きざないい方をすれば、彼女のあの寂しげな笑顔に惹かれたのだ。

彼女は、毎週月曜日に「スーパー北斗1号」のグリーン車に乗って終点の札幌までやってくる。車掌も、知り合いになっていて、必ず声をかける。

「何か、お手伝いすることがあればいってください」

「ありがとうございます」

と笑顔を作る。その時の彼女の笑顔なのだ。さわやかなのだが、寂しげにも見えるのだ。それが気になって、関口は彼女のことをいろいろとしりたくなった。

その一つが、彼女が「スーパー北斗1号」に、どこから乗ってくるかということだった。調べるのは簡単だった。第一、関口は学生といいながら、ほとんど勉強らしきものをしていなかったからである。関口は月曜日に「スーパー北斗1

号」の始発駅、函館駅から「スーパー北斗1号」に乗ることにした。

始発駅から終着駅まで乗れば、どこから乗ってくるかわかるだろうと、簡単に考えたのである。

始発駅の函館に、彼女の姿はなかった。彼女が乗ってきたのは、北海道新幹線「はやぶさ」が到着する、新函館北斗駅だった。

そこでは中年の太った女性が、彼女の車椅子を押してホームに現れ、その後、彼女は車椅子をおり、杖をつきながら「スーパー北斗1号」のグリーン車に乗ってきた。中年の太った女性は、その間に車椅子を折り畳み、それを押して同じグリーン車に乗ってきて隅に置くと、彼女の肩を叩いて降りていった。

関口は、少し変な気がした。北海道新幹線の終着駅、新函館北斗駅から乗ってきたということは、東京から「はやぶさ」に乗ってきて「スーパー北斗」に乗り換えたのではないかと思ったのだが、それでは理屈が合わなかった。

北海道新幹線「はやぶさ」に乗って、東京から新函館北斗駅に着くまでの所要時間は、四時間二分、あるいは四時間以上かかるのである。その日の一番早い「はやぶさ」に乗っても、この新しい新函館北斗駅で「スーパー北斗1号」に乗ることはできない。

と、すれば彼女が、この新函館北斗駅の近くに住んでいるか、昨日のうちに北海道新幹線で函館にやってきて一泊してから「スーパー北斗1号」に乗ったことになる。そんなことを考えていると、彼女が座席から立ちあがりかけて少しよろめいた。

関口は手を伸ばし、

「大丈夫ですか」

と声をかけた。その時、あのさわやかで、寂しい笑顔が返ってきた。

「ありがとうございます。大丈夫です」

そして、あの何ともいえない笑顔。だが、関口は、とにかく彼女のことを何でもしりたいと思っていたから、その時ちらっとだが、彼女の左手の薬指に、ダイヤの指輪がはめられているのを見てとった。

関口は自分の座席に戻ると、手帳を取り出し、今見たダイヤの指輪の形を素早く描き留めた。どんな指輪をはめているのかを、しりたかったのである。

関口の母が指輪の収集家でしられていたから、そのデザインを母に見せて、意見をきいた。

「たぶん、よい石が使われていると思う」

母がいった。

「でも、デザインがいかにも古いわね。これ戦前のデザインだから、亡くなったおばあさんなんかがしていた指輪かと思う」

「若い女性が、そんな流行遅れのデザインの指輪をしているとしたら、どういうケースが考えられる？」

と関口がきくと、

「一番考えられるのは、亡くなった母親か、あるいは、おばあさんが好きだった指輪をもらったかね。そんな指輪だから、わざとデザインを古いままにしている。そういうことが考えられるけど、普通は直してしまうけどね」

と母はいった。関口が考えこんでいると、母が笑った。

「あなたが若いお嬢さんに指輪をあげるんだったら、一番新しいデザインにしなさいね。私が教えてあげるから」

これで、少しは、彼女についてわかったと思ったのだが、逆に、謎も増えてしまった。

そんな時、関口は大学の友だちに、いきなり東京にいかないかと誘われた。

「何をしに？」

ときくと、

「相原《あいはら》を覚えているか？」

と友だちの小川《おがわ》がきく。

「もちろん覚えている。今、どうしているかしりたいんだが、連絡先がわからなくてね」

と関口はいった。

相原信之《のぶゆき》という親友。不思議な友だちだった。同じ時に札幌N大学に入ってきたのだが、最初から将来の希望はジャズピアニストになることだといって、大学にはあまり出てこなくて、自宅でピアノの練習をしたり、アルバイトで札幌市内のクラブやバーで、ピアノを弾いたりしていた親友である。

相原は、プロになったら大学をやめるといっていたのだが、大学二年の夏、交通事故を起こして右腕を失ってしまった。

その後、休学し、大学にこなくなり、関口たちの前から姿を消してしまった。自殺を図ったという噂をきいたが、消息は掴めないままだったのだ。

「次の日曜日、東京の小さな劇場で、相原が作曲したジャズを発表するそうだ」

と小川が、いう。

「じゃあ、右手はどうなったんだ？」

「それで俺もきいたんだが、何でも左手だけで弾くことのできる曲で、それを相原は、何曲か作曲している。その発表をするといっているんだ。相原自身は恥ずかしいので、われわれにきてもらいたくないらしいが、その話をきいたので、俺はいってみるつもりだよ。君はどうする？」

「もちろん、俺もいく」

と関口はうなずいた。

2

関口は音楽について、ほとんど門外漢である。第一、ピアノも弾けないし、ギターも弾けない。ただ、聴くのは好きだった。左手だけで弾ける曲があるということはしらなかった。それに、相原に会えることが嬉しくて、小川と二人で次の日曜日、東京にいくことにした。

確かに、小さな劇場だった。六本木《ろっぽんぎ》のビルの地下にある劇場である。パンフレットには、収容人員六十人と書かれている。今日の出演者は男三人に女性ひと

り。そこには、

〈悲劇から立ち直り、ひたすら芸術を追求する人たち〉

と書かれていた。

関口と小川は、ほかの人には興味がないので、相原が出てきて左手だけでピアノを弾いた。それに、拍手を送っただけで、帰ろうとした時、次の出演者が出てきて、関口は驚いた。

彼女だったからである。

関口は、左手だけで音楽を奏でる相原にひたすら拍手を送り、ほかの出演者に構わず、劇場を出て近くのカフェで祝杯をあげようと考えていた。そんな時、次の出演者が現れたのである。

ヴァイオリンを持った若い女性。舞台の中央に置かれた椅子に向かって、少しおぼつかない足取りで入ってきて、腰をおろした。

その瞬間、関口は、隣にいる友だちのことを忘れてしまった。

彼女は、椅子に腰をおろしたままヴァイオリンを弾き出した。関口は、浮かした腰をまた座り直した。小川が肩を叩く。

「この人のヴァイオリンも聴きたくなった」

と関口はいった。小川が、仕方がないなと呟き、相原は、

「そうだよ。ほかの出演者の演奏も聴かないと失礼にあたるよ」

といった。

関口はそっと、出演者の名前を探した。そこにあった彼女の名前は、

「鎌谷理佐子《かまたにりさこ》」

関口のしらない名前だった。といっても、関口は、女性ヴァイオリニストの名前はほとんどしらなかったから、有名なのか無名なのかもわからない。

ただ、パンフレットを見ると、十代の頃の脳血栓、それに負けずに研鑽に励んでいる、と書かれていた。

彼女のヴァイオリン演奏が終わると、関口たちは劇場を出て、近くのカフェでささやかな祝杯をあげることにした。

「彼女は、君の知り合いなのか？」

と関口は相原にきいた。

「いや、今日初めて会った人だ。しかし、立派なもんだと思うよ。とにかく脳血栓で倒れてから、あれだけ弾けるようになったんだから」

と相原はいった。

「彼女をしっているのか」

小川が、からかい気味に関口にきいた。

「いや、椅子に座ってヴァイオリンを弾いたので、びっくりしてしまったんだ」

関口は、慌てていった。

「今日は泊まっていくんだろう？」

と、相原が二人にきいた。

「もちろん、泊まっていくさ」

と小川が答えたが、関口は、

「悪いんだが、北海道へ帰る。明日、どうしてもしなきゃいけないことがあるんで、申しわけない」

と謝った。

ついさっき劇場で見た彼女のこと。その彼女と、毎週月曜日に「スーパー北斗1号」のなかで会っている女性と間違いなく同一人かどうか、明日確かめたかったのだ。

相原が、

「左手だけのジャズ」

というCDを出しているので、それを十枚買うことで勘弁してもらい、関口は
その日、最終の北海道新幹線「はやぶさ」に乗った。
新函館北斗駅に着いたのは、二三時三三分。駅近くのホテルに泊まることにした。

関口の気持ちは複雑だった。一部だが、彼女の秘密をしってしまったことの後ろめたさ、それは、どこかで嬉しさでもあった。

ただ、このあとどうしたらいいかがわからないのだ。

「あなたのヴァイオリン演奏を、聴きましたよ」

とでもいえばいいのか。それとも、黙っていたほうがいいのか。わからないままに、関口は翌日「スーパー北斗1号」の3号車のグリーン車に乗った。

少し遅れて、車椅子の彼女が、中年の女性に押してもらって、ホームに現れ、その後、彼女は車椅子をおり、杖をつきながら、同じグリーン車に乗りこんできた。

関口は、わざと少し離れた場所に座席を取った。声をかけたらいいのか、黙っていたほうがいいのか、まだ迷っていたからである。

「スーパー北斗1号」は、新函館北斗駅を出ると、

森《もり》
八雲《やくも》
長万部《おしやまんべ》
洞爺《とうや》
伊達紋別《だてもんべつ》
東室蘭《ひがしむろらん》
登別《のぼりべつ》
苫小牧《とまこまい》
南千歳《みなみちとせ》
新札幌《しんさっぽろ》

と停まっていき、終点の札幌に着くのは三時間以上経った、午前九時四八分である。

その間に関口は迷い続けた。声をかけて、昨日のヴァイオリン演奏を聴きましたよといいたい。ただ、それを彼女が喜ぶかどうかわからなかった。それが怖くて、声をかけられないのだ。

東室蘭着、午前八時二三分。ここで「スーパー北斗1号」は二分停車のあと、札幌に向かって北上する。車内販売がきたので関口は、コーヒーを頼んだ。それを受け取りながら、ちらりと後方の座席にいる彼女に目をやった。

(あれ?)

と思ったのは、いつもなら終点の札幌で待っている中年の男が、なぜかこの東室蘭でグリーン車に入ってきて彼女を降ろし、車椅子もホームにおろして、そこに座らせているのである。

関口は、どうしていいかわからなかった。途中の東室蘭で彼女が降りることなど考えていなかったからである。そして、列車は出発してしまった。

終点の札幌まで、関口は、ぼんやりと時間を持てあましていた。どうしていいかわからなかったといっても、東室蘭で一緒に降りるほど彼女と親しいわけでもない。たぶん、いつもの予定が何かの都合があって変更されたのだろう。考えつくのは、それくらいのことだった。

心配したところで仕方がない、とも思った。彼女について、彼女が椅子に腰をおろして、ヴァイオリンを弾いた。新しくしったのはそれだけである。したがって、彼女のことについて心配したりする権利は持っていない。それでも、心配だった。

札幌で降り、いつものように大学にいき授業に出たが、休み時間に、東京の相原に電話をかけた。

「今、大学で授業に出て、休み時間なんだ」

というと、

「こっちは今、ホテルの部屋だけどね。あれから小川と飲んでしまって、今、隣で寝てるよ。小川がこんなに酒飲みだとは、しらなかった」

と、相原が楽しそうにいう。

「つき合わなくて悪かった」

と、関口は、まず謝ってから、

「昨日、君が出演した六本木の劇場のことなんだが、そこに出演するには、どうすればいいんだ？」

ときいた。相原は、あの劇場のオーナーの名前を教えてくれた。

「小坂井《こさかい》という人でね、皆は社長さんと呼んでいる」

と相原がいう。

「どういう人なんだ？」

と関口はわざときいた。いきなり彼女のことをきくのは、照れ臭かったからである。

「中小企業の社長さんでね。会社は儲かっていたんだが、跡取りがいなかった。そこで、あっさりと会社を売ってしまい、その金で、あの劇場を買い取ったんだ。その後、金のない俳優さんでも、才能があれば劇場を貸すというんだ。社長さん自身、若い時は俳優志望だったというから、今はオーナーになって、その夢を叶えているというところかな」

と教えてくれた。

「誰でも申しこめば、あの劇場を借してもらえるのか?」

「毎月一回、出演希望者を公募する。何人もの応募があって、そのなかからオーナーの小坂井社長さんが才能ありと見こんだら、あの劇場に出演させてくれる。僕もそれで、あの劇場に出演させてもらえたんだ」

「昨日の出演者のなかに、鎌谷理佐子という女性がいただろう。椅子に座って、ヴァイオリンを弾いた人、あの人はどういう関係で、あの劇場に出演することになったんだ?」

「僕も初めて会った人だから、よくわからない。気になるなら調べておくよ」

と相原がいった。

「じゃあ、お願いする。急がなくてもいいから」

といわなくてもいい言葉を、関口は最後に押しつけた。

その日の夜に、相原から連絡があった。

「小坂井社長さんにきいたんだが、毎月一回、希望者があの劇場宛てに出演希望を書いて送る。鎌谷理佐子というのはそのなかのひとりで、脳血栓で倒れてしまったが、最近かなりよくなって昔を思い出して、ヴァイオリンを弾いている。立ったままは弾けないが、椅子に座れば弾くことができるので、何とか昔を思い出しながら弾いてみたい。そういう希望だったらしい。電話で確認して、小坂井社長さんは昨日の出演者のなかに加えたらしいんだ」

「それなら、鎌谷理佐子の住所なんかも、その社長さんにきけばわかることだね」

「それが、わからないらしいんだ」

と相原がいう。

「どうして？」

「これも小坂井社長さんにきいた話なんだが、彼女がいうには、自分はある会社の人間だが、その会社は規則がうるさくて、ほかの仕事をすると馘になってしまう。だから、住所や会社名などは明かすことができない。そういったそうだ」

「しかし、彼女のほうから、あの『六本木ショット』という劇場の出演を希望したんだろう？　その合否は、どこにしらせたんだ？」

「それもだね、小坂井社長さんの話をきくと、彼女のほうから電話できいてきたというんだ。だから、彼女の住所や電話番号などはわからないらしい」

と相原がいった。

「それで、昨日の出演者のことで、小坂井社長と話をしたのか？」

「いろいろと話をしたよ。あの社長さん、話好きだからね」

「とすれば、あの女性とも、小坂井社長は話をしたんじゃないだろうか？」

「その点はわからないが、今もいったように自分が出演させた人間とは、よく話をするという評判だ」

「それなら、小坂井社長の住所と電話番号を、教えてくれ」

と関口はいった。

翌日、関口は大学へはいかず、東京へと向かった。小坂井に電話をすると、会ってもいいといってくれたからである。

関口は東京に着くと、まっすぐ、六本木の劇場に向かった。劇場のあるビルと同じビルに小坂井社長が住んでいるときいたからである。

１ＬＤＫの小さな部屋だった。劇場も小さいが、小坂井社長の部屋も小さい。

小坂井は、関口に会うと自分でコーヒーを淹れてくれた。

「おひとりですか？」

と関口がきくと、小坂井は笑って、

「もう五年もひとりの生活ですよ。慣れてくるとこのほうが気楽でいい」

「先日、椅子に座ったままヴァイオリンを弾いていた、女性のことなんですが」

というと、小坂井は、

「不思議な人ですよ。どうしても自分の住所とか携帯電話の番号などは、きかないでほしいといわれましてね。ですから今も、何か用があっても、向こうから連絡してくるのを待つしかないんですよ」

「でも、いろいろと、お話をなさったんでしょう？」

「ええ、しましたよ。私は、どこか陰のある芸術家が好きなんですよ。すっと育った名人よりも、屈折しながら芸術から離れられない。そういう人が好きなんで、よく話をします」

「それで、彼女はどんな人なのか、少しはわかりましたか？」

と関口がきいた。

「そうですね、本当かどうかわかりませんよ。自分のことは、あまり喋らない人でしたから。でも、喋っているうちに、いろいろと想像はつきました」

「それで、何か彼女について、わかりましたか？」

「今もいったように、彼女の話は、自分のことを話しているようでも、どこかに、嘘がある。本当のことをしられたくない。が、それでもどこかで自分をしってもらいたい。そんな感じの話し方でしたね。それでわかったのは、彼女のおじいさんですか、戦前は、神奈川《かながわ》県小田原《おだわら》に住む旧家だったようですね。先祖は侍だったんじゃありませんか。そんなことをちらりといっていましたから。ただ、戦後になってからは不運が続いて、小田原の家も手放してしまった。そんな話もしていました」

「それでは、今でも、小田原にいけば、彼女の先祖のことがわかるんでしょうか？」

「私は、今いったように、小田原に住む旧家だと受け取ったんですが、ひょっとすると、別のところの生まれかもしれません。それを、小田原に例えて話していたのかもしれませんから。ただ、先祖が旧家で、戦後苦労したということだけは大体わかりました」

「今、彼女は何をしているんでしょうか？　それがわかると嬉しいんですが」

と関口がいうと、小坂井が微笑した。関口が、自身の彼女に対する気持ちを話していると、わかってきたからだろう。

ここまでくると、関口も正直にならざるを得なくなっていた。

「心配なんですよ。どんな生活をしているのか。何かわかったら、会って励ましたい。そんな気持ちでいるんです」

と関口がいった。

「そうですね。亡くなった両親が、大きな借金を作ってしまった。それを自分が返している。そんなことをいっていましたね。それも、例え話をしたのかもしれませんが、私は本当のことだと、受け取りました」

小坂井の話で、毎週月曜日に「スーパー北斗1号」で新函館北斗から札幌まできていること、あれも借金返済のための仕事かもしれない、と関口は、受け取った。

「大きな借財があるなら、返すのも大変でしょう。毎日毎日、働いて返しているんですかときいたところ、それが、週一回でいい仕事で、それが唯一の救いだみたいなことをいっていましたね。それで、どんな仕事なのかきいたんですが、答えてはくれませんでした。あまり立派な仕事じゃないみたいでしたね。だから、お金になって借財を返しやすくなった。そんな感じのいい方をしていましたね」

「北海道に関係のあることを、何かいっていませんでしたか？」

と関口がきいた。

「北海道ですか？」

「そうです。北海道には『スーパー北斗』という特急列車があるんですよ。現在、北海道新幹線では、東京から函館までしかいけません。将来は札幌まで延ばすはずですが、それまでの間、新幹線の代わりに走っているのが『スーパー北斗』という特急列車なんです。その列車について、彼女は、何かいっていませんでしたか？」

「いや、北海道の話も『スーパー北斗』という特急列車の話もしていませんよ。ただ、自分は旅が好きだとはいっていました。今のところ、旅行とヴァイオリンを弾くことが唯一の楽しみだとはいっていましたね」

と小坂井がいった。

「ほかに、彼女について、何かわかっていることはありませんか？　どんなことでもいいんですが」

と関口がいった。

「そうですねえ……」

と小坂井は少し考えてから、

「こんなこともいわれましたよ。『わざわざ劇場に出演させていただいて、ありがとうございます。私に万が一のことがあったら、そのお礼ができなくなりますから、社長さんにもらっていただこうと思って、私が亡くなったら、ある物を社長さんに贈るようにしてあります。社長さんが喜んでいただけるかどうか、それはわかりませんけど』と、いわれましてね。私は困って『なるべく、そういう物は受け取りたくありませんよ』と、いいました」

「そうしたら、彼女は何と?」

「『そんな高価な物じゃありませんから、ご安心してください』と、いって笑っていましたがね」

「どんな物なのか、想像はつきますか?」

と関口がきいた。

「ちょっとわかりませんがね。私が骨董品が好きだといいましたから、彼女の生まれた旧家に仕舞ってあった何かじゃありませんか。ご先祖が大事にしていた物とかです。ただ、今もいったように『私が亡くなった時に』という但し書きつきですから、私としては、いつまでも贈られてこないことを祈っていますがね」

と小坂井は笑った。

「冗談ということは、考えられませんか？」

と関口はきいてみた。

正直にいえば、彼女が冗談でそんなことをいうとは、関口は考えていなかった。それどころか、彼女からそんなことをいわれた小坂井社長が、羨ましくもあったのである。

「彼女は冗談で、そんなことをいう女性だとは思えませんから、真面目な話だという気がしています。だからよけいに、彼女のことが心配になりましてね」

と小坂井がいう。

とにかく、彼女が終点の札幌ではなく、途中の東室蘭で降りてしまったのだ。何かあったのではないかと、関口は、勝手に心配したのだが、次の週の月曜日には、彼女はこれまでのように特急「スーパー北斗1号」に乗り、終点の札幌で降りて、関口をほっとさせたのである。

関口は、彼女の動きが元に戻ったことでほっとしたのだが、今度は、小坂井社長からかかってきた電話が、また関口を、不安にさせた。

「昨夜遅く、鎌谷理佐子さんから電話がありましてね、いきなりこういったんです。『私からの贈り物、必ず受け取ってください』とです。反射的に私は『もちろんいただきますよ』といってしまったんですが、私が死んだらという言葉を思い出しましてね。少しばかり不安になってきました。しかし、警察にいっても取りあげてくれるとは思えないし、迷って、それで、あなたに電話したんです。前に会った時、あなたが何か、彼女についていいたげでしたから」

と小坂井がいった。

「来週の月曜日、何かわかったらそちらにしらせます」

と関口がいった。

「来週の月曜日に、何かあるんですか？」

「それも、はっきりしないんですが、少しは彼女の様子がわかるのが、月曜日なんです。ただ、それがどんなものなのか、私にもわかりません」

そういって、関口は電話を切った。

わけのわからない電話だった。

3

一週間が、急に長くなった。といっても、関口の精神的なものだが、結果を見るためには、月曜日まで待たなくてはならないのだ。その間も、彼女の身に、何が起きているかわからない。

関口は、友だちの小川に電話をかけた。

「誰か、友だちで、特急『スーパー北斗』について詳しい奴はいないかな？」

ときいたのは、小川は関口に比べて、はるかに友だちの範囲が広かったからである。

小川は、中村《なかむら》という男が、十人ぐらいの仲間と一緒に「北海道鉄道クラブ」というグループを作り、主として道内の辺境の駅を訪ね歩いているという。

小川から中村に連絡を取ってもらい、関口は、その中村に会ってみた。「スーパー北斗」についてしりたいというと、中村は、いきなり話し出した。

「今、特急『スーパー北斗』は、北海道の看板列車になっているが、昔は上野《うえの》と青森《あおもり》を繋ぐ急行列車だったんだ。その列車が『ゆうづる』という特急に名前が変わると『北斗』という名前は北海道に移って、現在、函館と札幌の間を結ぶジーゼル特急『スーパー北斗』になっている。新幹線が東京から函館までしかいっていないので、函館—札幌間を結ぶ代表的な特急列車になっているよ」

と、いかにも鉄道マニアのいうようなことをいった。

「『スーパー北斗』の車掌さんと話をしたことがありますか？」

と関口がきいた。

「以前『スーパー北斗』の紹介記事を雑誌に載せるんで、車掌さんにインタビューしたことがあるよ」

と中村がいう。

「その車掌さんを紹介してくれませんか。私は北海道に住んでいるので、車掌さんの話をききたいんですよ」

と関口は頼んだ。

「君も鉄道ファンなの？」

「いや、車掌ファンです」

と関口は笑ってみせた。

その結果、十日後に特急「スーパー北斗1号」に何回か乗務している車掌を紹介してくれた。札幌駅のなかにある待合室で会わせてくれたのである。

車掌の名前は竹山《たけやま》。五十二歳だった。

関口は、単刀直入にきいた。

「函館発札幌行の『スーパー北斗1号』のグリーン車なんですが、毎週月曜日に新函館北斗から札幌まで乗ってくる女性がいるんです。足が悪くて、杖をついていて、乗る時は車椅子持参です。この女性客を覚えていませんか？」

ときいた。

竹山車掌は、笑顔になって、

「もちろんしっていますよ。美人だし、車椅子持参だから、目立ちますからね」

「いつ頃から『スーパー北斗1号』のグリーン車に乗るようになったんですか？」

「確か、今から、二年くらい前じゃないですかね」

竹山車掌がいう。

その頃すでに、関口も「スーパー北斗1号」に乗っていたのだが、月曜日のグリーン車に乗るようになったのは最近である。だから会わなかったのだ。

「その時から、彼女は車椅子持参でしたか？」

「そうですよ。確か、男の人が終点の札幌ではホームに待っていて、彼女を車椅子に乗せて改札口を出ていきましたね」

「何か問題を起こしたことはありましたか？」

「いや、大変おとなしい女性でしたねえ。私のしる限りでは、問題を起こしたことはありません」

と竹山車掌がいった。

「今は、新函館北斗駅から乗ってきていますが、北海道新幹線が開通する前は、どこから乗ってきていたんですか？」

「もちろん函館駅からですよ。それが、北海道新幹線の開業と同時に、新函館北斗駅のほうから乗るようになりました」

「その頃から、今と同じ3号車のグリーン車ですか？」

「そのとおりです。グリーン車の一番後ろの座席、そこに乗ると車椅子を確保しやすいですからね」

「帰りはどうしていたんでしょうか？　札幌から乗って、新函館北斗駅まで帰っていたんでしょうか？」

「私は、下りの『スーパー北斗1号』に乗った時によく会っていたんです。帰りは、一回ぐらいしか会ったことはありませんね。たぶん、不定期に『スーパー北斗』に乗っていたんじゃありませんか」

「彼女が札幌で、どんな仕事をしているかしっていますか？」

「いや、まったくしりません。個人的には彼女のことはほとんどしりませんから」

「月曜日以外に、彼女が『スーパー北斗』に乗っていたことはありますか？」

「私のしる限りはありませんね。だから私なんかは、同僚と月曜日のお姫さまと呼んでいたくらいです。まだ三十前だと思うんですけど、着こなしも態度も、どこか昔のお姫さまみたいなので、そう呼んでいました。いや、今もそう呼んでいます」

と竹山車掌はいった。

関口は礼をいってわかれたが、小さないらだちも感じていた。

少しずつ彼女についてのデータみたいなものが集まるのだが、具体的なものがほとんどなかったからである。

かといって、直接、彼女に話しかけるのも、はばかられた。正直にいえば、勇気がないのだ。

それでも次の月曜日、関口は学校を休んで、車椅子の彼女を、尾行することにした。

その日、関口は「スーパー北斗1号」を札幌で降りると、徹底的に、彼女を尾行することにした。いつものようにホームには、中年の男が彼女を待っていて、列車から車椅子をおろし、組み立てる。杖をついて自分で列車を降りた彼女を、車椅子に乗せると、それを押して改札口を出ていく。それを、関口は、尾行した。

改札口を出ると、中年男は、通路を中央口に向かって車椅子を、押していく。その後、タクシー乗り場の近くに車椅子に乗せたまま、彼女を、待たせておき、いったん男は姿を消した。

五、六分後、ロールスロイスが車椅子の彼女を迎えにきた。

運転手も男と一緒に降りてきて、素早く車椅子を畳み、トランクに積み、彼女を抱くようにしてリアシートに乗せる。そして、出発した。

てきぱきとした素早い手際である。関口は慌ててタクシーを呼び、ロールスロイスを追跡することになった。

彼女を乗せたロールスロイスは、ゆっくりと札幌の中央通りを走る。尾行しやすい相手だと、関口は少しばかりほっとしたのだが、突然、彼の乗ったタクシーの前を大型のトラックが遮った。タクシーの運転手が、かっとして、警笛を鳴らす。

だが、目の前で停まったトラックは、動こうとしない。やっと動いた時には、前を走っていたロールスロイスの姿は消えていた。明らかに、こちらが尾行していることに気づいて、妨害したのだ。

「どうしますか?」

と運転手がきく。

「これから探すのも大変だから、今日はもういいです。ところで、運転手さんは、この札幌で運転手をやって長いのですか?」

と関口がきいた。

「そうですね、二十年くらいはやっていますよ」

「それなら、仕事をしている時に、さっきのロールスロイスを見つけたら、仕事のあとでいいから僕に電話をしてくれませんか。お礼はいたしますから」

と関口は、自分の携帯電話の番号を運転手に教えた。

札幌駅近くで車を停めてもらって降りたのだが、降りる時、運転手がにやっと笑った。

「学生さん。ああいう女性が好きなんですか」

といわれた。

「これ、人探しのアルバイトなんだ」

と相手を煙に巻いて、関口は、駅のなかに入っていった。

その後、関口は風邪を引いて、五日間、学校を休んだ。彼の気持ちの上では、五日間、特急「スーパー北斗1号」に乗れなかったということである。

次の月曜日、六月四日。久しぶりの感じで、特急「スーパー北斗1号」のグリーン車に乗った。

中央あたりの座席に腰をおろし、列車が出発してから、ゆっくりと最後尾の座席に目をやった。

(彼女、鎌谷理佐子が――そこにいないのだ)

関口は慌てて、見直した。

だが、彼女の姿がなかった。

(今日は休みか?)

と思った。自分で不安になり、自分で安心した。

が、関口は、すぐまた不安になった。

いつも車両の最後部に置かれている車椅子が畳まれて、ちゃんと置かれていたからである。

しかも、彼女がいつも座っている最後尾の座席には、六十代と思える小柄な女性が、そこに座っていた。

(彼女はどうしたのだろう?)

それでも関口は、これは自分が心配することではないと、自分にいいきかせた。

彼女は、新函館北斗から札幌まで通い、何か仕事をしているのだ。その会社には、何人もの従業員がいて、その交代があっただけなのだ。

しかし、落ち着かなかった。時々、後ろの座席を見る。

小柄な六十代の女性だ。大きなマスクをしているので、表情はわからない。

関口は、その女性のそばにいった。彼女に、鎌谷理佐子さんはどうしたのかときいてみたかった。

しかし、いきなりそんなことをきくのは失礼だと思い、何とかその気持ちを抑えていたのだが、終点の札幌が近くなったところで、とうとう我慢しきれなくなって立ちあがった。

後方まで歩いていき、

「失礼ですが」

と関口は声をかけた。

びっくりした表情で、女性が顔をあげた。

地味なワンピース姿である。

「何でしょうか？」

ときき返す。大きなマスクのせいで、声がよくきこえない。

「いつもこのあたりの席に、若い女の人が座っていたんです。あなたと同じように車椅子を使っていた。あなたは、彼女と交代して、この列車で札幌にいかれるのですか？」

と関口がきいた。

「何をおっしゃっているのか、わかりませんけど」

と小さな声でいう。

「鎌谷理佐子さんをご存じですか？」

関口は、質問を変えてみた。

「かまたにさん、ですか？」

「そうです。鎌谷理佐子さんです」

「そういうお名前の方は存じません」

と相手はいった。

関口は、質問をやめた。これ以上きいても、こちらが期待するような返事はないだろうと思ったからである。

いつもどおりの時刻に、終着の札幌駅に着く。

関口は、わざと少々遅れて降りることにした。女性の動きを、しっかり観察したかったからである。

(やっぱりいた!)

と思った。

あの中年男が、ホームにいたのだ。

列車が停まると、男は、3号車グリーン車に乗りこんできた。

女が杖をついてホームに降りていくと、男は、車椅子をホームにおろして組み立て、女を乗せて改札口に向かって押していく。

関口は、それを車内からカメラに収めた。

しかし、そのおかげでホームに飛び出すのが遅れてしまい、男と車椅子を見失ってしまった。

慌てて通路を北口に向かって走った。

先日と同じタクシー乗り場にいってみたが、車椅子と女の姿もない。中年男のロールスロイスの姿もである。

（参ったな）

と立ち尽くしていると、ふいに背後から肩を叩かれた。振り向くと、先日ここで乗ったタクシーの運転手だった。

「学生さん、私のこと、覚えていますか？」

と笑顔できく。

「もちろん覚えていますよ」

「今日もロールスロイス探しですか？」

「残念ながら、見失ってしまいました」

「それなら乗ってください」

と運転手は、自分のタクシーを指さした。

「あのロールスロイスの行き先がわかっているのですか？」

「ええ、もちろんわかっていますよ」

運転手がいい、その言葉を信じて、関口は、タクシーに乗ることにした。

タクシーが走り出す。

関口は札幌のN大の学生だから、札幌の街のことに詳しい。

タクシーが豊平川《とよひらがわ》に向かっていることは、すぐにわかった。

「この先は豊平川ですね?」

ときくと、

「その豊平川のそばです」

「そこに何があるんですか?」

「商社があります」

「どんな商社?」

「名前は『オリエントカンパニイ』になっていますね」

と運転手がいう。

(どんな商事会社なのか?)

と考えているうちに車が停まった。

窓の外を見ると、斜め先に、豊平川に面して円筒形のビルが見えた。

五階建ての、あまり大きくないビルである。そのビルを囲んで、塀が取り巻いていた。

入り口のところに、なるほど、〈The Orient-Company〉の看板が出ていた。

白い塀には、アジアで作られている、さまざまな家具用品の絵が描かれてあった。そのなかには、車椅子の絵もあった。安い車椅子も輸入しているということか。

関口は、タクシーから降りた。

目の前のビルは、静かである。

「問題のロールスロイスは、本当にあのビルのなかに入っていったんですか？」

と関口がきいた。

「間違いありませんよ。ただでさえ目立つ車でしょ。それに、ナンバーを覚えていたんで、二日前に札幌市内で見つけ、尾行したんです。あのビルのなかに入るのを確認しています」

「前から、あの会社はあったんだろうか？」

「そこまでは、私にはわかりません」

「メーター、そのままにしてください」

「どうするんです？」

「あと三十分、あのビルを見ていたいんです」

「お金がかかりますよ」

「そのくらいの料金ならあります」

「学生さん、お金持ちなんだね」

と運転手が、からかい気味にいうのを無視して、車外に出て、車体に体を預け、携帯を取り出した。

携帯のカメラをビルに向けて、二、三回シャッターを押した。その後、じっとビルを見ていた。

静かである。

時々、車が通りすぎていくが、目の前のビルには入っていかなかった。

たちまち何の動きもないままに、三十分がすぎてしまった。

関口は、車内に入ってから思い出して、東京の〈六本木ショット〉のオーナー、小坂井に電話をかけた。

「関口です」

といってから、

「ヴァイオリンを弾いていた鎌谷理佐子さんから、何か送ってきましたか？」

ときいた。

「いや、何も送ってきませんが、何か気になることでも？」

と小坂井がきき返す。

「いや、何でもありません」

関口は、とにかくほっとして電話を切った。

しかし、次の月曜日、六月十一日に特急「スーパー北斗1号」に乗り、3号車のグリーン車に入ると、この日も鎌谷理佐子の姿はなく、先日と同じ六十代の女性が、車椅子と一緒に乗っていた。

関口は、さらに不安が大きくなった。

第二章　幸福と不幸の予感

1

その日、関口は、親友の相原と東京に向かった。

今日は、六本木の劇場〈六本木ショット〉を、覗くためではなかった。

関口は来年、札幌N大を卒業する。地元の札幌で、就職したい気もあるが、同時に東京に出て、世界的な大きな世界で、働いてみたいという気もしていた。

そのため、関口が狙っているのは、東京八重洲《やえす》に本社のある〈中央商事〉だった。

今回は、一度、その本社を見学してみたくて、企業説明会の東京いきだった。

相原は、札幌N大を卒業したあと、東京の芸大に入りたい希望を持っていた。

左手のピアニストとして生きていけるかどうか、尊敬しているピアニストが、芸大で教えているので、相談してみたいという。

二人は、それぞれに、札幌N大を卒業したあとの夢を持っての上京だった。特急「スーパー北斗」で新函館北斗に出て、そこから、上りの北海道新幹線に乗る。飛行機を使わなかったのは、卒業後の夢について、新幹線の車内でゆっくり語り合いたかったのと、東京での行き先が、新幹線のほうが近かったからである。

新幹線でのお喋りは、相原のほうが冗舌だった。彼は、左手のピアニストとして、それも、プロとしてやっていけるかどうかを試したいというので、どうしても冗舌になるのだが、関口のほうは、少しばかり複雑だった。

彼の頭のなかには、どうしても、車椅子の鎌谷理佐子のことが、占領してしまうからである。これから東京へいき、中央商事という会社を見学にいくのだが、頭のなかの半分は、鎌谷理佐子に占められているから、どうしても口数が少なくなってしまうのである。

上野で芸大にいく相原が降り、関口は、終着の東京で降りた。

八重洲口の中央商事本社にいくと、特別の受付が設けられていて、来年の就職希望者のための企業説明会が、おこなわれていた。

関口のほかにも、数人の大学生がきていて、一緒に会社の事業内容の説明を受けた。おかげて、必要なことは、早くすませてしまうことができた。

とりあえず相原に連絡をしてみると、向こうは、尊敬するピアニストにピアノを弾いてみせたりしているので、まだ時間がかかるだろうという。

ひとりで先に帰るのもつまらないので、東京駅のなかを楽しんだあと、八重洲口から都内一周の、はとバスが出発することがわかった。

子供っぽい観光だと思っていたのだが、今日のように時間があまってしまうと、つい、乗りたくなった。

八〇パーセントくらいの乗車率だった。

近く催される東京オリンピックのためにといって、案内役のアテンダントが、東京音頭を歌い始めた。賑やかでうまい。

浅草《あさくさ》では、浅草寺《せんそうじ》で何かのお祭りの最中だった。雷門《かみなりもん》から本堂までの参道は、いつもなら両側の土産物店を覗く人々であふれているのだが、今日は、お祭りの行列を迎えるために、人々は脇へ寄って、見物に回っていた。

やがて、行列がやってきた。

はとバスの乗客たちが、前もって確保されていた場所で、その行列を見物することになった。

最初に盛装した僧たちが、ゆっくりとした歩調で、雷門から本堂に向かって歩いてくる。

続いて、町の世話役たちが、紋付羽織袴姿で、姿を現す。

そのあとが、お目当ての綺麗どころだった。

芸者衆のほかに、歌舞伎の「助六《すけろく》」に倣って、和服姿の男衆を揃え、芸者衆はひとりひとり、その男衆の肩に手を置いて、しずしずと進んでくる。

アテンダントの説明では、ほかに下町全体から十人の二十歳代の女性を選び、彼女たちには、腰元《こしもと》の格好をさせ、それ以外に美しく教養豊かな二十歳代の娘ひとりを選び、お姫さまとして、輿《こし》に乗せて参加するのだという。

輿を担ぐのは、四人の若い男衆である。

後方で拍手と歓声が起きて、その行列が姿を現した。

輿に乗ったお姫さまと、それにしたがう腰元たち。

アテンダントの内諸話によると、腰元十人は、応募者のなかから選ばれるが、お姫さまは、公募といわれるが、実際には、下町の名家の娘のなかから、指名されるのだという。

そんなところは、京都《きょうと》の葵祭《あおいまつり》に選ばれる斎王《さいおう》に似ているのだろう。

芸者衆の一行とは少し間を置いて、輿に乗ったお姫さまが、現れた。

それにしたがう形の十人の腰元たち。

関口と一緒のはとバスの乗客たちも、いっせいに拍手する。

関口も拍手をしかけて、呆然となった。

輿の上のお姫さまが、どう見ても、あの鎌谷理佐子だったからだ。

お姫さまは、輿の上から笑顔を振りまく。

その視線と合った。

(鎌谷理佐子だ)

と、思う。そっくりというよりも、鎌谷理佐子そのものなのだ。

しかし、関口の理性は、輿の上のお姫さまは、別人だといっていた。

アテンダントの説明では、今回選ばれた祭礼のお姫さまは、下町の名家の娘だという。それなら、鎌谷理佐子であるはずがないと思うからである。

それに、特急「スーパー北斗」で出会った彼女は、車椅子だった。

今、輿に乗っているお姫さまは、どうなのだろうか。

お姫さまと腰元が、通りすぎる。

つられて、関口が動こうとすると、アテンダントに、

「時間になりましたので、そろそろバスに戻って下さい」

と、声をかけられた。

関口は、一瞬迷ってから、

「急用ができたので、ここで降ろさせて下さい」

と、いった。

「わかりましたけど、お渡ししてあるスケジュール表に、これから回る場所と、時刻が記入してありますから、途中で戻っていらっしゃっても構いませんよ」

アテンダントはそれだけいって、グループでバスに戻っていった。

関口は、本堂に向かって走った。

お姫さまが、輿から降りるところを、確認したかったのだ。

芸者衆は、本堂には登っていかず、男衆と一緒に、浅草寺裏に待たせておいたバスに乗って、彼女たちの職場に戻っていった。

紋付羽織袴姿の世話役たちとお姫さま、そして、腰元たちは、本堂の階段をあがっていくらしい。

関口は間に合って、輿がおろされるのを見ることができた。

お姫さまが輿から降りる。軽やかな動作だった。

十人の腰元をしたがえて、本堂の階段をあがっていく。

両側からテレビカメラが狙い、見物人がカメラのシャッターをきる。

(やっぱり違っていた)

と、関口は、思った。

が、それでも携帯のカメラで、何枚かお姫さまや腰元たちの写真を撮った。

そのあと、地元の人らしい中年の女性を見つけ、

「お姫さま役の女性は、どこの娘さんかご存じですか？」

と、きいてみた。

その中年の女性は、関口の近くで、お姫さまや腰元たちの写真を夢中になって撮っていたのである。

「松平《まつだいら》さんのお嬢さんですよ」

と、笑顔で、いう。

「松平さんというと、徳川《とくがわ》家に関係があるんでしょうか？」

「それはしりませんけど、関係があるかもしれませんね。昔、上野に大きなお屋敷があったそうですから」

「今は、何をやっているんですか？」

「上野不忍池《しのばずのいけ》近くで、大きな料亭をやっていらっしゃいますよ」

「もう少し、松平さんのことを伺いたいんですが」

「ごめんなさいね。うちも店をやっていて、これから開店の準備をしなければならないんですよ」

「食べもののお店でしたら、夕食に伺いますが」

「うなぎの『うなよし』です。稲荷町《いなりちょう》の」

と、早口でいって、いったん駆け去ったが、なぜか引き返してきて、

「うちの娘が、腰元のひとりに選ばれたんですよ！」

と、大声でいってから、今度こそ、走って消えてしまった。

2

関口は、本堂を見あげたが、お姫さまや腰元たちが、出てくる気配がない。

奥で茶の接待でも、受けているのかもしれなかった。

仕方がないので、関口は、千束《せんぞく》の方向に歩き、そこにあったカフェで、ひと休

みすることにした。雷門から浅草寺にかけてや、浅草六区のほうは人出が多かったが、千束に抜けると、人出がまばらだった。

関口が入ったカフェも、お客は、関口ひとりである。

現在の時刻は午後三時六分。元気のいい女将《おかみ》さんの〈うなよし〉も、まだ準備中だろう。

関口は、もう一度、相原に電話してみた。すぐ出たが、バックには、ピアノの音がきこえた。

「今、ピアノを弾いているのか？」

と、きくと、

「いや、弾いているのは先生だ。俺が芸大を出ても、左手一本で暮らしていける自信がないといったら、先生が、左手で弾いてくれているんだ。そのあと、もう一度、六本木にいきたくてね」

と、相原が、いった。

「『六本木ショット』か？」

「あそこにいって、ピアノを弾いてから、北海道に帰りたいんだ」

「それじゃあ、遅くなりそうだな」

「ああ、それで、今日は東京に泊まって、明日、帰りたいんだ。君には悪いが」

「構わないよ。俺にも東京に用事ができたんで、明日帰りたくなったんだ」

関口は、その内容はいわずに、明日、東京駅で落ち合う時間を決めて、電話を切った。

午後六時になったので、浅草稲荷町のうなぎ店〈うなよし〉に出かけた。
十五、六人で満員になってしまいそうな、小さな店だった。
浅草寺で出会った女将さんと、その旦那と、腰元になった娘さんの三人でやっているという店だった。

カウンターに腰をおろし、うな重を食べながら、女将さんに、上野不忍池にある料亭について、話をきいた。

「その料亭の名前、わかりましたか？」

と、関口が、きいた。

「ええ、平仮名で『まつだいら』ですよ」

と、女将さんが、答える。

「やっぱり松平ですか。徳川家と関係があるんですか？」

「松平定敬《まつだいらさだあき》さん。しってます？　さだあきさんです」

「いや、しりません」

と関口はいった。

「料亭『まつだいら』の店名になった由来には、いくつかあるみたいですけどね。私は松平定敬さんが好きなので、定敬さんが、料亭『まつだいら』の店名の由来になったのならいいなって、思っているんですよ」

「僕は、松平定信《さだのぶ》とか、容保《かたもり》さんならしっていますが」

と、関口が、笑った。

「松平容保なら、会津《あいづ》藩主で、新政府軍に敗れたあと、苦労した殿さまでしょう?」

「その松平容保の弟さんです」

「容保に弟がいたのは、しりませんでした。会津戦争の本を読んでも、容保の弟のことなんか出てきませんし」

「会津と新政府軍との戦争の時も、参戦したのに、なぜか名前が出てこない、可哀相なお殿さまなんです。兄の松平容保に代わって、京都所司代にもなっていますし、会津戦争のあとも新政府軍に降伏せず、北海道の箱館《はこだて》戦争でも戦っています」

「しかし、箱館戦争では、土方歳三《ひじかたとしぞう》なんかが有名で、松平定敬の名前は、ほとんど出てきません」

と、関口が、いった。

カウンターの向こうの女将さんは、小さく肩をすくめて、

「あたしも、松平定敬さんが好きなので、調べてみたんですよ。そうしたら、箱館戦争の時の幕府方の総大将、総裁は榎本武揚《えのもとたけあき》で、陸軍奉行は大鳥圭介《おおとりけいすけ》と土方歳三の二人で、松平定敬さんの名前は、ぜんぜん出てこないんです」

「それで結局、松平定敬は、どうなったんですか？」

「この時、松平定敬さんは、四代目の桑名《くわな》藩主だったんです。桑名藩は、戊辰《ぼしん》戦争の時、幕府方ですから、藩主の松平定敬さんも部下を率いて、新政府軍と転戦して北海道まで戦い続けているでしょう。藩主が最後まで戦っているのに、桑名藩自体が、あっさりと、新政府軍に降伏してしまっているんです。松平定敬さんにしてみれば、足をすくわれた感じでしょうね。ですから、箱館戦争でも、名前が出てこないんでしょうね」

と、女将さんが、いった。

「それで、今日の浅草寺のお祭りで、お姫さまになった女性ですが」

「私は、ご先祖は、松平定敬さんに連なっていると思いますよ」

と、女将さんが、いった。

「あ、思いだしました。松平容保の弟で、桑名藩主の松平定敬といえば、高須《たかす》四兄弟といわれた有名な兄弟の、一番下の弟だった人ですよね。なぜ覚えているかというと、桑名と越後《えちご》に飛び地になっている柏崎《かしわざき》との間で年貢の米のことで、交換日記をしていたんです。『柏崎日記』といわれているもので、父子の間での交換日記だったのですが、思わずガールフレンドとの交換日記のことを思いだしましてね。交換日記の最初だったかもしれない。それはともかく、桑名藩って、小さな藩だったはずですよ。それなのに、上野に大きな屋敷があったというのは、どうしてですかね？」

と、関口が、きいた。

女将さんが、答えに窮していると、うなぎを焼いていた旦那が、助け舟を出してきた。

「桑名藩の下屋敷が、上野にあったんですよ。桑名藩主は譜代大名だから、江戸《えど》の中心に、下屋敷があったんだと思いますよ。藩主の松平定敬さんも、時々、上野の下屋敷にきていたんでしょうね」

「でも、上野戦争もあったし、松平定敬は、北海道まで新政府軍と戦い続けたわけでしょう？　その上、敗北したんだから、上野の下屋敷は、新政府に接収されてしまったんじゃありませんか？」

関口が、きくと、旦那は笑って、

「なかなか突っこんできますね」

と、いい、続けて、

「明治維新というのか、戊辰戦争というのか、政府軍の主力は、薩摩《さつま》、長州《ちょうしゅう》のいわゆる薩長で、幕府軍の主力は、会津でした。ですから、私なんかは、薩長と会津の戦いだと思っているんです。特に長州は、会津憎しで、凝り固まっていましたから、会津をやっつければ満足で、ほかの藩は、どうでもよかったんですよ。だから、ほかの藩には、戦争が終わったあと、接収した屋敷を返したり、藩主を知事にしたりしたんですよ。だから、桑名藩の下屋敷も返しています」

「親父《おやじ》さんは、歴史に詳しいんですね」

「江戸っ子だから、江戸の歴史が好きなだけでね」

と、旦那は、照れ臭そうに笑った。

「ついでにききますが、どうして、長州は、会津を憎んでいたんですか？」

と、関口が、きいた。

「俺は、詳しいことは苦手なんだよ」

と、旦那が逃げ、代わって、大学で日本史を専攻しているという娘が、

「幕末の京都で、御所の守護に当たっていたのが、会津、長州、薩摩の三藩だったのね。当時の天皇は孝明天皇《こうめいてんのう》で、その頃天皇は、御所は、安心して眠れないとなげいているの。この三藩が公卿《くぎょう》と組んで、孝明天皇をいただき、京の都で主導権を握ろうと画策していたから」

「結局、薩長が手を組んで、会津に勝って、明治維新ができたんじゃないのかな」

「その前に、薩摩が会津と手を組んで、長州を京都から追い払ったという事件が起きているの。この時、長州は賊軍にされて、泣く泣く京都を追われて、長州に逃げ戻っているのよ」

「長州が、賊軍と呼ばれていた時があったというのも面白いね」

「そうでしょう。だから、今でも会津の人たちは、いうらしいの。山口《やまぐち》（長州）の人は、俺たちは官軍で、会津は賊軍だったというけど、山口だって賊軍だったんだというらしいわ」

「今でも、そんなに張り合っているのなら、会津戦争の頃が思いやられるね」

「長州は、会津だけ、藩主の松平容保だけは許せないと叫んだ。会津若松城が

落ちて、松平容保が降伏したあとも許さず、会津藩全体を青森県の下北《しもきた》に追放しているの。当時の下北は、何もない厳寒の荒野で、熊しか住んでいないといわれる僻地だったから、藩士のなかには、長州は、俺たちを殺す気だと、歯がみしたという噂もあるわ。その結果、現在の会津人のなかには、自分に娘がいても、山口（長州）の男には、絶対に嫁にやらないという人もいるらしいの」

「その話なら、きいたことがある」

と、関口が、苦笑した。

そのあと、少し間を置いて、

「今日の浅草寺のお祭りで、お姫さまになった女性だけど、松平定敬の子孫だというのは、本当なの？」

と、きいた。

「私は、そうきいていますけど、本当のことはわからないわ」

「名前は、松平かえでだと、そうきいたんだけど」

「ええ」

「それじゃあ、間違っていないんじゃないかな」

「でも、松平姓は、江戸時代にはいっぱいいたわけでしょう？」

と、娘はいい、女将さんも、

「とにかく、私は、松平のお嬢さんとよんでいますよ」

「この店にきたこともあるんですか？」

「うちの娘と同じ大学だから、年に何回かは、うちのうな重を食べにきますね」

と、旦那が、いった。

「上野不忍池近くの大きな料亭の娘さんというのは、間違いないんですね？」

「ええ、そうですよ。料亭『まつだいら』のね」

「姉妹は、いるんですか？」

さらに、関口が質問を続けると、今度は、娘が、

「ひとりだということは、きいていますわ」

と、答えてくれた。

「松平かえでさんは、どんな女性ですかね？」

「あらー」

と、女将さんは、おどけて、

「今日のお祭りで、あのお嬢さんに、一目惚れしちゃったんですか？」

と、いう。

「そういうわけではありませんが、とにかく魅力的な女性ですね」

と、いってから、関口は、娘に、

「僕は、北海道に住んでいるんですけど、特急『スーパー北斗』の車内で、あのお嬢さんにそっくりな人に会ったことがあるんですよ。北海道へきて、特急『スーパー北斗』に乗ったことはないのかな？」

「彼女は、旅行が好きだし、スキーもやるから、もしかしたら北海道に旅行したことがあるかもしれない。でも特急『スーパー北斗』という列車に乗ったことがあるかどうかまでは、私にはわからないわ」

「大きな料亭の娘さんですよね？」

「ええ」

「それに、スキーが好きなら、北海道に別荘を持っているんじゃないのかな？」

「どうかな？　どうしてもしりたいのなら、彼女にきいておいてあげますけど」

「そのスキーで大怪我をして、しばらく車椅子で毎週一回、特急列車で病院通いをしていたことはないんだろうか？」

関口が、そこまでいうと、女将さんが、急に乗り出してきて、

「北海道の生まれですってね？」

「今は札幌にある大学の四年生です」

「今日は、東京に浅草寺のお祭りを見にきたの？」

「本当は、来年卒業なので、東京の中央商事の就職試験を受けようかなと思って、八重洲口にある本社を見学にきたんです。時間が余ったので、はとバスに乗ったら、浅草寺を回るコースになっていたんです。それだけのことです」

「あなたの名前は？」

「関口透です」

「これに書いてみて」

と、女将さんは、メモ用紙とボールペンを、カウンターの上に置いた。

「どうするんです？」

と、ききながら、関口は、自分の名前を書いた。

横から旦那が、

「うちのかみさんはね、実は、姓名判断の占いの名人なんだ」

と、いった。

女将さんは、

「向こうは、松平かえでさんか」

と、呟きながら、関口透の隣に、松平かえでと、並べて書いた。

そのあと、二人の名前の字画を数えていたが、

「相性は悪くないわね」

「そうですか」

「でも、必ず邪魔が入ると出てるわ」

「邪魔ですか？」

「そう。どんな邪魔なのかまでは、わからないけど」

「そうだねえ。人生、いろいろな邪魔があるからね」

と、旦那が、料理の手を止めて、いった。

関口は、どう答えていいのかわからなくて、

「お姫さまと僕の間に、どんな邪魔があるんですか？」

「あなたの家は、お金持ち？　それとも北海道の名家？」

と、女将さんが、きく。

「どちらでもありませんよ。ごく普通の家庭ですから」

「それなら、第一の邪魔というか、障害は身分違いね」

「身分違い——ですか？」

「若い人は、今どきって笑うけど、日本人は案外気にするのよ」

と、女将さんは、真剣だった。それに逆らうわけにもいかなくて、関口は、娘のほうに向かって、

「松平かえでさんは、将来、何になるつもりなんでしょうね？」

と、きいた。

「いつだったか、彼女と、将来の夢について語り合うことがあったの。彼女は、その時、卒業したらアメリカかイギリスに留学して、将来は、外交官になるつもりだと、そんなことをいっていたわ」

「将来の外交官が、今日は、江戸時代のお姫さまになったんだ」

「そうね。よく考えれば、不思議だったんだ」

と、娘が、笑った。

「これから、どうするんです？」

と、旦那が、きいた。

「上野を回って、料亭『まつだいら』というのを見て、それから東京駅近くのホテルに泊まります。明日の朝早く、北海道新幹線で家に帰るつもりです。実は、大学の親友と一緒に上京してきたので、同じ列車で、帰る約束になっているんで

す」

「それ、あなたの彼女?」

と、女将さんがきくので、関口は笑ってしまった。

「彼女が一緒なら、お姫さまのことを、あれこれきいたりはしませんよ」

「それじゃあ、送ってあげなさい」

と、旦那が、娘にいった。

3

近くの駐車場に駐めてあったのは、ポルシェ911だった。

「すごいね」

と、関口が、いうと、

「中古で百万円」

と、娘はいって、車内におさまると、

「高校時代から、最初に買う車はポルシェと決めていて、延々とアルバイトでお金を貯めて買ったのよ」

「最初から中古が目標だったの？」

「ポルシェって不思議な車で、中古でも、性能は新車とあまり変わらないし、どの年代のものでも、中古は百万円からさがりもしないし、あがりもしないの。だから、百万円を目標に、お金を貯めていったのよ」

「我慢強いんだ」

と、関口がいったとたんに、娘はアクセルを踏んだ。

空冷エンジン独特の音と共に、ポルシェは飛び出した。

上野に向かう大通りに出たところで、娘は、五十キロに落としてから、

「今でも我慢強いと思うし、そんな性格、嫌いじゃないんだけど、大学に入ってから、自分と反対で、自由に何の力みもなくて生きている人を見つけて、びっくりした」

「それが、松平かえでだった？」

「そう。驚いたわ。いつも何の苦労もなく、自由に生きているの。成績はいつもトップだし、スキーもうまいし」

「羨ましかった？」

「そうね、この話には続きがあるの。きいてくれる？」

「ああ、ききたいね」

「大学二年の冬休みに、一緒に菅平《すがだいら》にスキーにいったことがあるの」

喋りながらブレーキをかけたので、自慢のポルシェ911は、四十キロの低速に落ちてしまった。

「その時、ゲレンデで一休みしていたら、へたくそな初心者が、ブレーキが利かずにぶつかってきたのよ。背後からだから、彼女、避けきれずに弾き飛ばされて、救急車で運ばれたんだけど、しばらく失神していた」

「君は？」

「私は軽傷ですんだけど。だけど、心配なので、一緒に病院についていった。彼女も失神してて、その時、私は初めて、彼女の左手首を見たの」

「左手首って？」

「いつも彼女、左手にパテックの高い腕時計をはめているので、左手首が見えなかったの。だから、その時に初めて、彼女の左手首を見たの。そうしたら、そこは——」

と、言葉を探すように、

「自殺しようとした時にできる傷があるでしょう？」

「ためらい傷？」

「そう。その傷、はっきりと見えたのよ。私ね、びっくりするより、震えてしまったわ」

「その傷について、本人にきいてみたことは？」

「そんなこと、きけるはずがないわ」

「どうして？」

「怖いじゃないの」

とたんにポルシェは、猛烈に加速し、たちまち上野不忍池の見えるところに到着した。

目の前に、大きな料亭があった。黒く塗られた塀に囲まれていた。入口のところに〈料亭まつだいら〉という、小さな表札がかかっている。

「確かに、大きいね」

「彼女、呼んできてあげましょうか？」

「いや、遠慮しておく」

「どうして？」

「君と同じだよ。北海道で会った女性と、別人だと確認することが、怖いんだ」

「やっぱりね」

「何が？」

「あなたは、その彼女が好きなんだ。松平かえでじゃなくて」

「まだ、同一人じゃないかと思っている」

「二人とも好きになったら、駄目だよ」

また、娘が、アクセルを踏む。

有無をいわせぬ加速だった。あっという間に、東京駅に着いてしまう。

「泊まるホテルは、決まっているの？」

「いや、まだだ」

「それなら、東京ステーションホテルに泊まりなさいよ。明日、北海道新幹線に乗るんでしょう？」

「いつも東京にくる度に、東京ステーションホテルに泊まりたいと思うんだけど、あいにく、いつも満室なんだ」

「今日は、わからないわよ。私が見てくるから待ってて」

娘は、さっさと車を降りて、東京ステーションホテルに向かって走っていったが、すぐに戻ってくると、手で丸を作って見せた。

関口は、東京ステーションホテルに入り、フロントで手続きを取ってから、

「このホテルに泊まるのは、本当に初めてなんだ」

「よかったわ」

「君の名前を教えてくれ」

「浜口彩《はまぐちあや》。うなぎ屋の娘」

「今日は、いろいろと楽しかった。ありがとう」

関口が、いったとたん、浜口彩が、突然、大声で叫んだ。

「バッチ、グー！」

「え？」

関口が、きき返しているうちに、ポルシェ911は、あっという間に目の前から消えてしまった。

4

東京ステーションホテルに泊まるのは、本当に初めてだった。

決めた部屋にいく途中の廊下には、松本清張の「点と線」の原稿が飾ってあっ

た。

有名な東京駅の四分間の場面の原稿である。

関口が、高校三年生の時に読んだ小説である。

あの時から東京にいったら、東京ステーションホテルに泊まりたいと思っていた。

駅の右端に近い部屋だった。

窓のカーテンを開けて覗くと、真下に、東京駅の石の丸いドームが見えた。

ホームの列車に乗ろうと、改札口に入っていく乗客と、列車から降りてきた乗客が、ドームのなかですれ違っていく。

誰も、真上から関口が見ていることに、気がつかない。

そのなかに、遠いところから到着した列車の乗客なのか、中年の女性が改札口を出てきたが、丸いドームを支えるポールのところにきて立ち止まり、寄りかかってしまった。そして、そのうちに、突然、しゃがみこんでしまった。

駅員が心配して、声をかけている。それに励まされたのか、立ちあがって、タクシー乗り場の方向に歩いていった。

ちょっとした人生の一場面。演じている女性も駅員も、それを見物している関ロも、気づいていないのだ。

いつまでも見ていたかったが、相原のことを思い出し、カーテンを閉めた。ベッドに転がって、携帯電話を取り出した。

相原にかけると、すぐに出た。

「もう『六本木ショット』での演奏は、終わったのか？」

関口が、きくと、

「今終わったところだ。これから電話で予約した、東京駅八重洲口のホテルにいく」

と、相原が、答える。

「演奏は、うまくいったのか？」

「いつも怖々、弾いているんだが、今日は、不思議に自信を持って鍵盤を叩くことができたよ」

「よかったじゃないか」

「芸大の尊敬する先生のおかげだよ。俺の目の前で、左手だけで演奏して、励ましてくれたんだ」

「プロになる自信がついたんだな？」

「いや、自信はつかないが、その代わりに、芸大で勉強する決心がついた。そっちは、どうだったんだ？」

と、相原が、きく。

「明日、新幹線のなかで話すよ」

と、いって、関口は、電話を切った。

ベッドに転がる。

関口は、旅行先ではいつもなかなか寝つかれないのだが、今夜は、目を閉じるとすぐに眠ってしまった。

朝、目覚めた時も爽快だった。

シャワーを浴び、最上階の大食堂にいく。ここはバイキングである。

東京ステーションホテルの食堂だけに、さまざまなタイプの客がいるように見える。

食事をすませると、腕時計を見て時刻を確認し、部屋には戻らず、そのままフロントに向かった。

料金を払い、そのまま駅の構内に入り、北海道新幹線の新函館北斗駅までの切符を買った。

22番線ホームにあがっていく。

九時三六分東京発の「はやぶさ11号」に乗る約束になっていた。

二人が考えて「はやぶさ11号」にしたのは、ほかの北海道新幹線の「はやぶさ」の多くが、秋田《あきた》新幹線の「こまち」と連結されていたからだった。

そのため、十七両編成という長さになってしまう。

そのうちの十両が「はやぶさ」だが、残りの七両は「こまち」である。乗っている分には、同じなのだが、関口も相原も、連結というのが気に入らないのだ。

その点「はやぶさ11号」は、すべて純粋に新函館北斗行である。

まあ、単純にいえば、それだけのことなのだが、若い二人には嬉しいのだ。

22番線ホームには、純粋に新函館北斗行の十両編成の「はやぶさ11号」が、すでに入線していた。

九時三六分の発車まで、あと九分。

ホームを見回したが、相原の姿はなかった。

関口は、先頭車両のほうに向かって、ホームを歩いていった。

十両連結の10号車が、新函館北斗方向に向かっての先頭車である。

一番高いグランクラス車で、9号車がグリーン車、あとの八両が指定席である。

7号車に乗る約束だったので、関口は、7号車に乗りこんだが、そこにも相原の姿はなかった。

相原が姿を見せたのは、発車二分前だった。

息せき切って走ってきたのに、すぐ座席に着こうとはせず、ドアのところで、しきりにホームを見つめている。

関口が、近寄って、

「どうしたんだ？」

と、声をかけたが、相原は、

「ちょっとね」

と、わけのわからない言葉を発して、ホームを見つめ続けている。

「誰か送りにくるのか？」

と、きいた時、相原は、

「あっ」

と、叫び、ホームに向かって、大きく手を振った。

その視線を追うと、ホームを、こちらに向かって走ってくる女が見えた。

二十歳くらいの女である。

大きく息を弾ませながら、相原に向かって、

「これ、父から」

と、大きめの封筒を差し出した。

「ありがとう」

相原が、それを受け取った瞬間、ドアが閉まり「はやぶさ11号」が発車した。

それでも、相原は、ドアのガラスに顔を押しつけて、手を小さく振っていた。

列車は加速し、ホームは、みるみる見えなくなった。

相原は、やっと席に着いたが、切符はそれぞれで買ったので、席は離れている。車掌がきたので、座席を変えてもらう。並んでの座席になって、やっと落ち着いて話し合えるようになった。

「何をもらったんだ？」

と、関口が、きいた。

「命よりも大事なもの」

「まさか――」

「そんなものじゃないよ」

相原は、笑って、封筒のなかから二枚のＤＶＤを取り出して、

「一枚は、尊敬する先生の左手による模範演奏、もう一枚は、俺のへたくそなピアノだ」

「それを、さっきの女性が、わざわざＤＶＤに入れてくれたのか？」

「彼女は、先生の娘さんだよ」

「よかったじゃないか」

と、関口は、いった。

「何が？」

「君の右手の代わりになってくれそうじゃないか。二人でなら、きっと障害を乗り越えられるよ」

「俺たちは、そんな関係じゃないんだよ。それから、前々から君に、いいたいと思っていたことがあったんだ。それを今日は、いいたい」

「あらたまって、何だい？」

「君は、よく、俺にいう。頑張れば障害は乗り越えられるとか、障害なんか忘れろってだ」

「励ますのは駄目なのか？」

「いっておくが、障害は乗り越えられるもんじゃないんだ。努力したって、俺の失った右手は生えてこないんだ。左側に手すりのない階段は、どう努力したって駆け足で登れないんだ」

「わかったよ。これからは、全力を尽くして障害を乗り越えろとか、障害を忘れろなんてことは、絶対に口にしない。約束する」

関口がいうと、相原は、やっと笑顔になって、

「もう、この件は忘れることにする。君のほうはどうだったんだ？　はとバスに乗るといっていたが、楽しかったのか？」

「正直にいうと、最初に浅草寺のお祭りを見物しにいったところで、はとバスは、降りてしまったんだ」

関口がいうと、相原は、

「もったいないことをしたね」

「いや、はとバスは、中途で降りて正解だった。おかげで楽しかった」

「何を楽しんだんだ？」

「君に内緒にしておくつもりだったが、浅草寺のお祭りで、神さまに出会ったん

だ。本当の神さまだよ」

と、関口が、いった。

相原は、

「えっ？」

と、声に出して、

「君と宗教とは、まったく合わないと思っていたんだが、いったい、どんな神さまを見つけたんだ？」

と、きいた。

「俺は、大学へ通うのに利用している特急『スーパー北斗』のなかで、神さまに出会ったんだ。正確にいえば、俺にとって神さまにも等しい女性だ。その神さまが、急に姿を見せなくなったので、どうしたのかと心配していたら、東京で、その神さまを見つけたんだ」

「よくわからないが、とにかくよかったじゃないか」

と、相原が、いう。

「ところが、それが、最悪の結果になってしまった。あんなによく似ているのに、別の神さまだったんだ」

「つまり、よく似ているが、違う女だったということだな?」

「違うんだ」

「どう違うんだ? 俺にもわかるように説明してくれ」

「あれほど似た人間はいない。俺にとって、あんなに似ているのは、神さまとしか思えない。神の造形だ。人間だと思えば、どうしても別人になってしまう。そうなると、俺には耐えられない。だから、あれは神さまの悪戯だと思ったんだ」

「少しずつわかってきたよ。そんなによく似ているのか?」

「似ているという段階じゃないから悲しいんだ。感情的には、同じ人間なんだ。しかし、理性の立場に立つと、別の人間なんだ」

「名前は、どうなんだ?」

「違っているが、名前は問題じゃないんだ。名前なんてものは、勝手につけるものだからな」

「それじゃあ、どこが決定的に違っているんだ?」

相原の口調が、少しずつ、険しくなっていった。

関口の言葉の曖昧さに腹を立てたのではなくて、最初から、自分に苦しさを打ち明けてくれなかったことに対して、腹を立てているのだ。

「彼女を見ていると、同じ女にしか見えないのに、さらに見続けていると、別人にしか見えなくなってしまうんだ。だから、俺には、神さまにしか見えない。神さまの悪戯にしか見えないんだ」

「東京で出会ったのか?」

「浅草寺のお祭りで出会った」

「じゃあ、東京の人間、いや、東京の神さまなのか?」

「そうだ」

「それなら、卒業後は東京の企業に就職したらいいじゃないか。そうして、毎日、その神さまに会っていれば、君にもそのうちに、神さまなのか、人間なのかがわかってくるんじゃないのか?」

「その決心がつきそうもない」

「どうしてだ?」

「頭のなかでは、自由に考えられるのに、実際には自由にならないんだ」

「おめでとう」

と、相原が、突然、関口の肩を叩いた。

「わけのわからないことをいっていると思っていたのだが、君は、恋をしているんだ。愛する女が見つかったんだ」

「俺は、子供じゃない」

「大人だって、恋をすれば子供になるんだ。そうだ。卒業してから東京の企業に就職してといったが、それじゃあ間に合わないな。休みになったら、一緒に東京にいこう。俺も東京にいきたいからな」

「尊敬する先生の娘さんか？」

「二人で揃って、恋をしよう」

と、相原は嬉しそうに、また、関口の肩を叩いた。

が、なぜか、関口は窓の外に目をやった。

東京駅を発車した時は快晴だったのに、雨が降り出していた。

雨滴が、窓を斜めに走り出した。

関口は、急に心の隅に、不吉なものを感じて、黙ってしまった。

第三章　松平かえでの死

1

十月三日の夜、関口は、自宅でぼんやりとテレビを見ていた。

先日、東京で、来年就職予定の会社の企業説明を受けた。家では、旅館の跡取りを求められているが、東京でサラリーマンになる気持ちが強くなっていた。旅館のオーナーになるとしても、二、三年は、サラリーマン生活をしてからという気がある。

そんなことで、少しばかり気持ちは、安定してきていた。

ふと、テレビ画面に女の顔が、大写しになった。

それまで、目は画面を見ていても、音はきこえていなかったのである。

「彼女だ」

と、思ったとたんに、現金なもので、アナウンスが、耳に飛びこんできた。

が、すぐに「東京の女」だということがわかった。

アナウンサーが「松平かえでさん」といい、テレビ画面に、浅草寺のお祭りの時のお姫さま姿が、写し出されたからである。

関口は気になって、ソファに座り直した。

アナウンサーが、いう。

「上野の料亭『まつだいら』のひとり娘、松平かえでさん二十九歳が、昨夜から行方不明になっています」

これで、関口の神経が、一挙に高ぶった。

「昨日の十月二日の午後六時頃、かえでさんは『大事な人に会いにいきます。一時間くらいで帰ります』と、母親の千代《ちよ》さんにいって、白のベンツのオープンカーで出かけました。しかし、夜半になっても帰宅せず、連絡も取れなくなりました。そして今日、十月三日になっても帰らないので、千代さんが警察に捜索願を提出しました。松平かえでさんは、先月の浅草寺のお祭りに、第五代のお姫さまに選ばれています。また、松平家は、最後の会津藩主、松平容保の遠縁に当たるともいわれていますので、その行方が心配されています」

と、アナウンサーが、いう。

それに合わせて、松平かえでの写真が、映されていく。

料亭〈まつだいら〉は、六十歳になる母親の松平千代が女将で、ひとり娘のかえでは、若女将という形で経営されている。

当主で、かえでの父、松平容敬《かたたか》は、台東《たいとう》区議会の副議長も務めた有力者だったが、なぜか六十五の時、自殺していた。今から九年前である。

そんなことが少しずつわかってきたが、肝心の松平かえでは、十月四日になっても、見つからなかった。

警察も、本格的に捜査を開始した。

松平かえでが、乗っていると思われる、白のベンツのオープンカーが、まず手配された。

二人乗りの、かなり目立つ車である。しかし、発見されたというしらせは、なかなか届かなかった。

松平かえでは、午後六時少しすぎに、

「大事な人に会いにいきます」

と、母親にいって、車で出ていったのである。

午後六時といえば、料亭としては、もっとも忙しい時間である。十月二日も、三組の団体客があった。すべて常連の客である。したがって、若女将としては、挨拶に出る必要があった。

特に最近は、お祭りの主役であるお姫さまになったりしているので、常連客は、彼女が挨拶に出てくるのを期待していた。そんな事情は、松平かえで本人も、よくわかっていた。

「ですから」

と、母親で女将の千代は、警察に、こういった。

「かえでの携帯に、電話が入ったのだと思います。たぶん、駅に着いたというので、かえでが車で迎えにいったのだと思います。西からくるお客さまは、たいてい東京駅から連絡されますし、北からのお客さまは、上野駅からです。以前にも何回か車で、お迎えにいったことがあります。娘は、大事な人と申しておりましたが、私には、お名前は申しませんでしたから、たぶん娘のお客さまだと思います」

そこで、警察は、十月二日の午後六時からそれ以後の東京駅と、上野駅の聞き込みをおこなった。

松平かえでと、白のベンツのオープンカーの目撃者捜しである。

松平かえでの当日の服装も、その写真を刑事に持たせての捜査である。

彼女も目立つし、車も目立つ。目撃者は、すぐにでも見つかるだろうと警察は考えていた。

しかし、二日間にわたって聞き込みがおこなわれたが、収穫はゼロだった。

十月七日を迎えても、松平かえでも、白のベンツのオープンカーも、どちらも発見されなかった。

こうなると、警察の見方も、マスコミの見方も同じだった。

つまり、松平かえで本人が、自分の意志で、どこかに姿を消したのではないかということと、何か事件に巻きこまれてしまったのではないか。

この二つの見方である。

マスコミは、自分から姿を消したというニュースのほうが、視聴者の興味を引くので、そちらのほうに重点を置いていた。

何しろ、老舗の大きな料亭のひとり娘で、二十九歳の独身である。

その上、美人で、近所でもかなり目立つ存在なのだ。

母親は、結婚を約束した相手はいないと、警察にそう話したが、そのことが逆に、男の存在を、マスコミに確信させてしまった。

マスコミはいっせいに、かえでの「彼」探しに奔走した。

その彼と、どこかに失踪したのだろうという、おなじみのストーリーである。

大学時代の彼。

かえでが、大手芸能プロダクションに勤める常連客の求めに応じて、卒業後、そのプロダクションに在籍していた時の彼。

料亭〈まつだいら〉の若女将として出発して、今までの間にできた彼。

マスコミは、この三つの時代について、調べていったのだが、調べていくと、かえでの周辺には、話題になりそうなエピソードが、いくつも転がっていた。

松平かえでは大学時代、ミス・キャンパスになったことがあり、文化祭では、ほかの大学の男子学生からよく誘われた。

大手の芸能プロダクションに、一年間入っていたのだが、その間に一本の映画に出演したほか、何本かのテレビドラマにも出演をしていた。

そのテレビドラマの一本では、二枚目俳優の山口征行《やまぐちまさゆき》の相手役に抜擢されたのだが、その時も、二人の関係が噂になった。

現在、四十五歳で独身の山口征行は、テレビ番組で、松平かえでの失踪についてきかれると、

「とにかく、一刻も早く見つかってほしい。見つかったら、もう一度女優として、俺と共演してもらいたいね。上品で、その上、色っぽくてね。俺が本当に惚れたのは、彼女だけだよ。これ、ほんと」

と、笑顔で、いった。

つまり、ニュース種としては、これ以上のターゲットはいないということだった。

山口征行の発言で、問題のテレビ番組を探し出して、その部分を放送したテレビ局もあった。ちょっとした狂騒曲だった。

松平かえでが、北海道で見つかったというニュースもあった。

が、よく調べて見ると、よく似た別人であることがわかった。

この間、母親の千代は心労からか、二日間、店を休業しなくてはならない事態になった。

そして、十月十一日。荒川《あらかわ》の土手で、問題の車、白のベンツのオープンカーが発見された。

さらにその運転席で、松平かえでが死体となって発見されたことで、この狂騒曲は、殺人事件の捜査に代わった。

それまでは、失踪捜査は地元の上野警察署が担当していたのだが、捜査本部が設置され、警視庁捜査一課の担当に代わった。

担当は、十津川警部。

死因は、青酸中毒死だったので、十津川は、自殺、他殺の両面からの捜査をすることにした。

まず、死体を司法解剖に回す。

一方、白のベンツのオープンカーを調べる。

この車も、十月二日午後六時から十月十一日の午後八時まで、行方不明だった。丸九日間と二時間。行方不明だったというわけである。

その間、車は、いったいどこにあったのか、どこを走っていたのか。それがわかれば、松平かえでの行動も、自ずとわかってくるだろう。

九日と二時間の間の車の走行距離は、メーターによれば、五百二十七キロだった。

半分として二百六十三キロ。

その距離まで往復できたはずである。

北なら福島《ふくしま》の近くまで。

西は、浜松《はままつ》近くまでの距離である。

さらに、車内も詳しく調べた。

ハンドルには、被害者である松平かえで以外に、もう一つの指紋があったが、それは、母親の千代の指紋だった。

料亭〈まつだいら〉には、四台の車があった。

一台はベンツ400系で、母親の千代の車である。

二台目はベンツのオープンカーで、娘かえでの車。

三台目は料亭の車で、使用人が使う国産車だった。

そして、四台目は業務用のトラックである。

母娘のベンツは、お互いに使用しあったりするので、ベンツのオープンカーに、母親、千代の指紋が残っていても不思議ではないということだった。

松平かえでは、運転席に座って、のけぞる形で死んでいた。

助手席の床に、缶コーヒーの缶が転がっていた。

指紋を採取し、残っていた缶のなかのコーヒーを、科捜研で調べてもらう。

その結果、コーヒーの缶にあったのは、本人の指紋。缶の奥に残っていたコーヒーのなかに、青酸カリが混入されていることが判明した。

次いで、捜査本部に報告されたのは、司法解剖の結果だった。

死亡推定時刻は、十月十日の午後十一時から十二時の間。

死因は、青酸中毒死。

解剖の結果、胃のなかからコーヒー（成分は缶コーヒーのものと同じ）の残りと、そのなかに溶けこんでいた青酸カリが検出された。

そのほか、胃のなかにあったものは、伊勢エビなど海産物のわずかな残りと、カレーだけだった。

おそらく、被害者、松平かえでは、どこかで海鮮カレーの夕食を食べ、それがほとんど消化された頃に、青酸カリの混入した缶コーヒーを飲んだのだ。

だからといって、自殺とは限らない。というより、十津川たちは、他殺の可能性が強いと見ていた。

その理由としては、第一に、十日近く行方不明になっていたが、その間、母親にも、友人や知人にも、連絡を取っていなかったからである。

第二に、携帯電話がなくなっている。

第三に、取りつけてあったはずの車載カメラが、外されてしまっている。

母親の千代も、日頃の様子から考えて、娘のかえでが自殺などするはずがないと、主張した。

捜査本部も、殺人と断定して、捜査することに決まった。

2

殺人と断定したあと、第一に明らかにする必要があるのは、殺人の動機だった。

その捜査に入ってすぐ、十津川が当面したのは、松平家の家系だった。

最後の会津藩主、松平容保の遠縁といわれていたが、いくつかの説は、よく調べてみると、正しくは松平容保の弟、松平定敬の遠縁なのではないかということも浮かんできた。

松平容保は、今でも写真が残っているし、新政府軍と会津戦争を戦い、最後に降伏した藩主としても有名である。

しかし、弟の松平定敬のほうは、あまりしられていない。その遠縁となれば、なおさらである。

十津川としては、松平定敬のことから、調べてみなければならなかった。

松平定敬は、会津藩主松平容保の弟で、第十四代の桑名藩主になっている。

その後、兄の松平容保とともに、京都所司代として、京都の警備に当たっていたが、戊辰戦争では、いち早く船で柏崎に上陸、幕府軍の一員として、新政府軍と戦っている。各地を転戦し、箱館まで戦い続けたといわれている。

しかし、箱館戦争では、総裁榎本武揚、陸軍奉行大鳥圭介、土方歳三が有名で、そこには、松平定敬の名前はない。

それは、定敬は、桑名藩主として戦い続けたが、肝心の桑名藩自体が、早々に新政府軍に降伏してしまったからだろう。

明治二年（一八六九年）に、桑名藩は再興されたが、一八七一年に廃藩になり、三重《みえ》県に編入された。

その松平定敬の遠縁といわれるが、いくら調べても、はっきりしたことがわからないのである。

それに、松平姓は多いから、遠縁というのは、違うかもしれなかった。

また、同じ場所に大きな屋敷があり、それが現在の料亭〈まつだいら〉になったともいわれるのだが、上野というのは、上野戦争と彰義隊《しょうぎたい》が有名である。

一八六八年（慶応四年）に、彰義隊は、浅草寺で旗揚げしている。

この時の隊員は、その数が三千名にのぼり、各藩の脱藩者が多かった。おそらく、松平かえでの先祖も、そのなかのひとりではなかったかと思われる。

松平姓であったので、彰義隊では隊長格となり、上野の屋敷を与えられ、何十人かの隊士がいたという。

たぶん、この時、桑名藩主松平定敬の遠縁に当たると、いっていたのだろう。

この頃、日本中が勤皇、佐幕にわかれ、日本中に各藩の脱藩者があふれていたというから、松平定敬の遠縁という主張を、怪しむ者はいなかったに違いない。

上野戦争が始まると、彰義隊は、あっという間に壊滅した。隊士三千名といわれたが、脱藩者や脱走兵の集まりだったともいわれるから、そもそも、戦意は低かったのかもしれない。

松平かえでの先祖は頭が切れるので、上野戦争の敗北を予想して、戦争に参加しなかったと思われる。

明治に入ってから、松平家は、料亭に衣替えして成功した。

明治政府の高官なども、この料亭〈まつだいら〉で、宴会を開いたといわれている。

料亭としては成功しているなかで、松平定敬の遠縁という話だけが生き残っていったのではないかと、十津川は、思った。

したがって、松平定敬の遠縁という話の真偽は、今も不明のままだった。

松平かえでの父親は、名前が容敬である。遠縁かどうかは不明だが、祖父は、その話を信じていて、生まれた子に容敬という名前をつけたのかもしれない。

その父親だが、料亭の主人という仕事を続けながら、台東区議会の議員となり、副議長にまでなっている。

十津川が、当時の関係者に話をきくと、こんな答えが返ってきた。

「温厚で、政治力もあり、多くの人に尊敬されていましたよ」

「私は、てっきり国政に参加するのだろうと思っていました。与党の政治家とも親しくしていましたからね」

「現に、当時の総理と親しかったし、次の参議員選挙では、総理の後押しで、立候補することになっているときいていましたがね」

誰ひとりとして、彼を悪くいう者はいなかった。

だが、なぜかその年に、容敬は自殺してしまったのである。

それは、今から九年前、かえでが二十歳の時である。

もちろん、十津川は、この自殺についても、もう一度、捜査をすることにした。九年前の事件だが、今回のかえでの事件に、どこかで関係しているかもしれなかったからである。

この年、松平容敬は、すでに台東区議会の副議長をやめていた。

翌年は、選挙の年だった。

当時の首相の後押しで、参院選に出馬するだろうと、多くの人が思っていたのである。

それなのに、松平容敬は突然、自殺してしまったのである。

その年の四月二十日、ゴールデンウィークの直前に、容敬は、千代やかえでに、

「一週間ばかり旅行に出る」

と、いって、行き先も告げずに、出かけたのである。

珍しいことではなかった。これまでも容敬は、一年に一回は、

「命の洗濯をしてくる」

と、行き先もいわずに、一週間ほどの旅行に出かけていたからである。

いつもは、そういって、ひとりで旅に出かけて、何日かすると帰ってきていたので、千代も、かえでも、まったく心配していなかったのだが、この時だけは違った結果になってしまった。

その翌日、容敬は、日光《にっこう》の華厳《けごん》の滝《たき》の滝壺に、浮かんでいるところを発見された。

彼が、どうやって華厳の滝の上まで登ったのか、それは今でもわかっていない。どうやって飛びこんだのかもである。

はっきりとしているのは、その前日に、容敬が泊まっていた日光の日本旅館の名前だった。

当時の新聞を見れば、その旅館の、女将さんの談話も載っていた。

十津川は、それを確認したくて、亀井刑事を連れて日光に向かった。

浅草から東武鉄道の特急「リバティ」に乗った。

浅草発の電車に乗るのも久しぶりなら、日光東照宮にいくのも久しぶりだった。

紅葉シーズンの前でも、日光東照宮は参拝客が多く、特に外国人の姿が、やたらに目立つようになっていることに、十津川は驚かされた。

駅近くの〈みやこ〉という旅館に、チェックインした。この旅館に九年前、容敬が泊まっていたからである。

今晩は、この旅館に一泊することにして、十津川は、女将さんに容敬のことをきいた。

九年前の宿帳は、すでに廃棄されてしまっていたが、容敬のことを、女将さんは、はっきりと覚えていた。

「恰幅のいい、落ち着いた方だったので、まさか滝に飛びこんで自殺するなんて、まったく考えていませんでしたよ」

と、女将さんは、いった。

「その時、松平さんは、ひとりで泊まったんですね?」

「そうです」

「そして、その翌日、華厳の滝で自殺したんでしたね?」

「はい」

「それまでに、松平さんを訪ねてきた人はいましたか?」

「いいえ。誰もいません」

「電話をかけてきた人は?」

「そうですねえ。夕食のあと、夜遅くまで電話がかかってきたし、松平さんのほうも、どこかに電話をかけていましたよ」

「どんな内容の電話が多かったですか？　電話の内容を、こっそりきいたりはしなかったのですか？」

と、十津川がきくと、女将さんは、肩をすくめて、

「そんな真似ができますか。それに携帯電話ですから、きくなんてことはできませんよ」

「松平さんは、携帯電話を持っていたんですね？」

「ええ。よくかかっていましたし、松平さんのほうも、夜中近くまでかけていたみたいですよ」

と、女将さんが、いった。

「松平さんは朝食のあと、外出していったんですね？」

「そうです」

「ここには、何日泊まることになっていたのですか？」

「一週間の予約でした」

「それなのに、泊まった翌日に自殺してしまったのですね。外出する時の様子

は、どうでしたか？　何かおかしなところは、ありませんでしたか？」

「ちょっと疲れているような顔をしていらっしゃいました。夜、よく眠れなかったんじゃないかと思いましたが、まさか自殺されるとは、思いもしませんでした」

「その後、松平さんの知り合いが、訪ねてきたことはありましたか？」

「奥さんと娘さんが訪ねてみえましたよ。お二人とも、松平さんが自殺するなんて、考えてもいなかったんでしょうね。憔悴していらっしゃいました」

女将さんは、九年経った今でも、この話をすると、自然と声が震えてしまうのだと、いった。

十津川は、一泊すると翌朝、華厳の滝の管理事務所に向かった。

十津川が生まれるずっと前、一高生（現在の東大生）が華厳の滝に飛びこんで自殺したが、その自殺の理由が、失恋とか生活苦からではなく、哲学的な苦悩からだったことで有名になった。

世界の大きさと歴史の長さを計ろうとして計れず、その非才さに絶望して死ぬとした遺書の言葉は、当時の若者が暗唱したものだが、今は、そんなことがあったことすら、しる人もいないだろう。

今は、上まで登らなくても、エレベーターで地下に進み、観瀑台で間近に、落下する滝を見ることができる。

十津川は、管理事務所を訪ねていき、九年前の自殺事件のことをきいた。

すでに二十年近くも管理事務所で働いている原田《はらだ》という職員が、十津川の質問に答えてくれた。

「あとで、台東区議会の副議長までされた方だとしって、びっくりしてしまいました。最初は、ただの無茶な男だと思っていましたからね」

と、原田が、いう。

「何でも死体は、滝壺に浮かんでいたそうですね？」

「そうです」

「身元は、身につけていた運転免許証でわかったそうですね」

「そうです」

「ほかに、何か見つかりましたか」

「いや、ほかのものは、飛びこんだ時、滝壺のなかに沈んでしまったので、探すのが大変でした」

「何が見つかって、何が見つからなかったのか覚えていますか？」

「パテックの腕時計が、外れて沈んでいたんですが、それが見つかったのは嬉しかったですね。形見として、奥さんに渡すことができましたから。逆に、携帯電話は、とうとう見つかりませんでした」

「前日、松平さんが泊まった旅館では、しきりに携帯にかかってきたり、かけたりしていたと、女将さんが話していましたが」

「奥さんや娘さんも、携帯を持って出かけたというので、必死で探したのですが、とうとう見つかりませんでした」

と、原田は、いった。

「松平さんが飛び降りた場所にも、登っていかれたそうですね？」

「警察の人と一緒に登りました。遺書があるのではないかということで」

「それで、見つかったのですか？」

「いや、何も見つかりませんでした。遺書も携帯もです」

「ひょっとして、松平さんが自殺した時、最初から携帯を持っていなかったんじゃありませんか？　だから、飛び降りた場所にも滝壺のなかにもなかったのではないですか？」

と、十津川がいうと、原田は、

「そうですね。たしかに、そう思うこともあります。しかし、私たちの探し方が足りないので、ひょっとすると、今でも滝壺の底に沈んでいるのではないかと、思ってしまうのです。奥さんや娘さんは、松平さんが旅行に出る時には、必ず携帯電話を持っていったと、何回もいわれますしね」

と、いった。

「さきほどもいったように、自殺した前日、松平さんは、携帯電話をしきりにかけていたと、旅館の女将さんは話しています」

「そうでしょうね。それなら、やはり私たちの探し方が、足らなかったということになります」

と、原田がいう。

十津川は、間を置いてから、

「例えばですが、こんなことは考えられませんか。松平さんは、携帯電話を持って旅館を出た。だが、華厳の滝に飛びこんで死ぬまでの間に、それを捨ててしまったか、あるいは誰かに会って、その人間に携帯電話を渡したかのどちらかだと」

「しかし、旅館を出てから、華厳の滝に飛びこむまでに、さして時間はなかったはずですよ。あったとしても、せいぜい三時間です。その間に、なぜ松平さんは、携帯電話を捨てたのでしょうか？　それに、なぜ遺書を残さなかったんですか？」

「ですから、その三時間の間に、いったい何があったのか、私は、それがしりたいのですよ」

と、十津川が、いった。

だが、職員の原田は、わからないといい、自分たちの探し方が足りなかったのだと繰り返した。

そこで、十津川は、話を変えてみることにした。

「この事件のあと、事件について、話をききにきた人はいませんか？」

「雑誌の記者さんなんかが、時々、ここに顔を出していましたよ。それも年が変わってからは、ぴったりと見えなくなりましたがね。年が明ければ、忘れられてしまうのだということが、よくわかりましたよ」

「マスコミ関係者以外の人間は、きませんでしたか？」

「きていません」

と、いったあとで、原田は、

「直接訪ねてきた人はいませんでしたが、それでも、電話で問い合わせてきた人はいましたよ。事件の翌日と、その七、八日後です」

「同じ人ですか？」

「ええ、そうです。間違いありませんよ。同じ声でしたから」

「男ですか？」

「そうです。中年の男の声でした」

「何をきいたのですか？」

「遺書と、携帯電話のことです。ニュースでは、二つとも見つかっていないといっていたが、本当に見つかっていないのかと、きかれました」

「それで、何と答えたのですか？」

「正直に、見つかっていませんと、答えました」

「その時、電話の相手は、嬉しそうでしたか？　それとも、声の調子が変わらなかったですか？」

と、十津川が、きいた。

「ありがとうといわれましたが、たしかに、今、刑事さんにきかれてみると、嬉しそうにしていた気がします」

「それなのに、七、八日後に、同じ男がまた電話をしてきて、同じことを問い合わせてきたのですね？」

「そうです。同じ声の男が、遺書と携帯電話のことを、電話できいてきたのです」

「同じ声だったというのは、確かですか？　間違いありませんか？」

十津川が、念を押してきくと、原田は、

「私は、耳がいいのが自慢なんですよ。ですから、間違いありません」

「それだけで、二回も同じことしか問い合わせしなかったんですね？」

「そうです。おかしな男だと思ったので、私は、いってやったんです。あなたは、一週間ほど前にも、同じことをききませんでしたかって」

「それで、相手の反応は、どうでした？」

「一瞬、黙ったあと、今度は笑って『そんなことはないでしょう。同じことを電話できくなんてことは』と、いいましたね」

「ほかに、やり取りが何かありましたか？」

「いえ、それだけです。男の声が、誰もきき間違えないほど、変わった声でしたがね。そのことは、誰にも話してはいません」

と、原田は、いった。

ここまできいて、原田が嘘をついているとは、十津川には思えなかった。

九年前、松平容敬は、間違いなくここにきて、華厳の滝で投身自殺したのだ。

その時、ひとりの男が電話してきて、遺書と携帯電話を探したが、どちらも見つからなかったというのは、本当なのかときいてきた。これも事実だと、十津川は思った。

しかも、この男は、一週間後にまた電話をかけてきて、同じ問い合わせを繰返したということだが、これも事実だと、十津川は確信した。

何らかの理由があって、電話の男は問い合わせをしてきたのだろうが、その理由は、今のところわからない。

だが、確認する必要のある男がいたことは、間違いない。

九年前の容敬の自殺と、今回のかえでの死が、どこかで繋がっているような気がして、十津川は仕方なかった。

しかし、この答えは、すぐには見つからないだろう。

帰京した十津川の次のターゲットは、松平かえでが、十月二日の夕方、母親の千代にいったという「大事な人」だった。

千代が、嘘をつくはずはないから、かえでが、車で会いにいったのは、彼女にとって大事な人だったのだ。

「しかも、それは複数ではなく、ひとりのはずである」

と、十津川がいうと、それに対して、若い日下刑事が、

「どうして、ひとりなのですか？　もしかしたら複数かもしれませんよ」

と、いう。

その日下に向かって、十津川は、笑った。

「彼女は、ベンツのオープンカーで会いにか、あるいは迎えにいっているんだ。それも、二座席しかない車でね。二人以上の相手を迎えにいくのなら、タクシーでいくか、または、母親のベンツ４００系でいくはずだろう」

そこまでは、誰でも推測できるのだが、問題は、そのあとだった。

「大事な人」というのは、いったい誰なのか、それがわからない。

次は、殺された松平かえでが、どこにいっていたのかということである。

唯一の手がかりとなるのが、五百キロを超すベンツのオープンカーの走行距離である。

北は福島近くまで、西は浜松近くまでいける距離である。

十津川は一応、現地の警察に協力してもらって、その周辺の聞き込みをやってみたのだが、彼女や、その車の目撃者は見つからなかった。

もちろん、東京から片道二百六十キロの主要道路のサービスエリアやガソリンスタンドにも照会したのだが、反応はなかった。

車が発見された時、ガソリンは満タンに近い状態だったから、九日間の間に最低でも一回は、どこかで給油しているはずなのだ。

それに、車もかえでも、目立った存在である。

それなのに、彼女が立ち寄ったり車を目撃したガソリンスタンドが見つからないというのも、十津川には不思議だった。

「おそらく、セルフサービスのガソリンスタンドを利用したんですよ」

と、若い刑事はいうが、そんなガソリンスタンドでも、目撃者はいるのではないか？　と十津川は、思うのだ。

松平かえで殺人事件は、大々的に新聞やテレビが報道した。

唯一の肉親である千代は、努めてマスコミには出ないようにしていたが、松平容保や上野戦争のことまで、新聞紙面やテレビの画面を飾ったのである。

「それにしては、一般からの通報が少なすぎると思います」

と、捜査会議で、十津川は正直にいった。

「しかし、まったくのゼロというわけじゃないだろう？」

と、三上本部長が、きく。三上も、事件があっさりと解決の方向に向かわないことで、苛立っていた。

料亭〈まつだいら〉を利用する政財界人は多いし、被害者の松平かえでも、ある意味で有名人である。

三上本部長は、普段から政財界に関心があるから、

「いつものように顔を出すと、あの事件は、どうなっていますかと必ずきかれ、はっきりした返事をしないと、まともにいやな顔をされるのだ」

と、いう。

だから、三上は、現場の十津川たちに、やたらとはっぱをかけてくるのである。

十津川は、捜査会議では、三上にまともに答えなかったが、会議のあと、亀井刑事たちに向かっては、正直な疑問を口にした。

「なぜ、こんなに目撃者が少ないのか、私には不思議で仕方がないんだよ。目立つ被害者、目立つ車なのにだよ。その上、五百キロ以上も、車は走っている」

「一つ考えられるのは――」

と、三田村刑事が、いった。

「五百キロ超えの走行距離ですが、その間、松平かえでは乗っていなくて、別人が乗っていたのではないか、ということです。それも、地味な男が運転していれば、目撃者がいないのも当然ということになりますよ」

「それは、犯人が、わざとそうしたということだね？」

「そうです」

「しかし、だとすると、犯人は、なぜそんなことをしたんだ？　犯人にとって、どんなメリットがあるんだ？」

と、十津川は、当然の質問をする。

三田村刑事の疑問は、誰もが肯定したが、はっきりした答えは、誰にも出せなかった。

（当然だな）

と、十津川は、思った。

容疑者像が、はっきりとしていないから、当然、犯人の移動にはうまい説明ができないのである。

その後、車体を調べていた科捜研から、こんな報告があった。

車体の全面に、かすかではあるが、何かを貼りつけた跡が見つかったというのである。

地方鉄道が、集客のために車体にマンガのキャラクターや宣伝文を描きつける代わりに、絵を貼りつけている。こうした絵や写真、デザインなどは売っているが、それをなぜか、ベンツの車体に貼りつけた形跡があるというのである。

市販の絵などを貼りつけた、何種類かの写真も送られてきた。

その写真を見て、刑事たちは、一様にショックを受けた。

もともと白のベンツのオープンカーである。

スポーツカーといってもいい。車高が低くて格好よく、目立つ車体である。

その車体に、一枚か二枚の絵や文字を貼りつけただけで、車の印象が一変してしまうのである。

特に、マンガのキャラクターを貼りつけたりすると、精悍なベンツのオープンカーは、いかにも子供っぽい、オモチャタイプの車に変わってしまうのである。

そこで、十津川は、マンガのキャラクターや写真、文字を車体に貼りつけた何種類かの写真を作り、それをマスコミに発表した。

今度は、驚くほどの投書や電話が、短時間に殺到した。

しかし、今度は、面白いベンツを見たという内容のものが多く、その車に、どんな人間が乗っていたか、運転していたかというしらせのほうは、極端に少なかった。

「参ったね」

と、十津川は、溜息をついた。

十津川がしりたかったのは、そのベンツに、どんな人間が乗っていたのか、運転していたのかということである。

「人間は、二つのことを記憶することはできないんだと思いましたね」

そういった亀井刑事も、苦笑していた。

「犯人は、それを狙って、ベンツの車体に、マンガのキャラクターなどを貼りつけて走らせていたのかもしれないな」

と、十津川は、いった。

その後も、警察、新聞社、テレビ局への通報が続いた。

マンガのキャラクターを貼りつけた、ベンツの写真も送られてきた。

十津川は、多量の写真が、どこから送られてきたのかを分類していった。

どんな傾向があるのかを、しりたかったのである。

その結果、そのベンツを目撃した場所と報告書の住所が、東京から見て北にかたよっていることがわかった。

東北方面といってもいい。

一番遠い場所は、会津若松《あいづわかまつ》だった。

十津川は、日本地図に、電話や投書のあった場所に赤丸をつけていった。

赤丸は全部で四百七十二。

(面白いな)

と、十津川が呟いたのは、赤丸の集団が、東京(上野)に始まって、まっすぐ会津若松に向かって伸びていることだった。

まるで赤い帯である。

ほかに、白河《しらかわ》、宇都宮《うつのみや》、小山《おやま》に赤丸がついているが、赤い帯の邪魔にはなっていない。

「これを何だと思う?」

十津川が、亀井に、きいた。

「この赤い帯の地点で、車体にマンガのキャラクターなどを貼りつけたベンツが目撃されたということでしょう?」

「逆にいえば、犯人は、こんな車を見せ回ったことになる」

「犯人は、なぜ、こんな真似をしたんでしょうか？」

「たぶん、この赤い帯を作るためだろうね」

と、十津川が、いった。

「しかし、これには、いったい何の意味があるんですかね？」

「私は、戊辰戦争を考えた。新政府軍は、上野戦争で勝利したあと、会津に向かって、攻めあがったんだ。途中、会津に味方する幕藩と、白河、宇都宮、小山でも戦っている」

「しかし、もう明治百五十年ですよ」

「会津方にいわせれば、戊辰戦争百五十年だ。それに、松平かえでの家は、幕臣として新政府軍と箱館まで戦い続けた、松平定敬の遠縁だといわれている」

「それが、今度の殺人事件の動機ということですか？」

「それはわからないが、この赤い帯は衝撃的だよ」

と、十津川は、いった。

しかし、捜査は、そこで壁にぶつかってしまった。

投書や電話も、次第に数が少なくなっていった。

依然として、容疑者も浮かんでこないし、殺人の動機もはっきりしない。

三上本部長は、ますます不機嫌になってきた。

そんな時、途絶えていた投書が一通、届けられた。

差出人の名前はない。

封書の中身は、便箋一枚だった。そこにマジックで、大きく太く、一行の文字が書きつけれていた。

〈殺された松平かえでさんは、偽者です〉

第四章　二つの名前

1

　最初、この投書は完全に無視された。差出人の名前がないことから、悪ふざけと考えられたのだ。

　それに、死体が発見された時、母の千代は泣き崩れている。料亭の従業員たちも、かえでの友人たちも一様に悲しみ、死体が別人だと疑った者は、ひとりもいなかった。

　十津川たちも、一度として、死体が松平かえで本人であることを、疑ったことはなかった。

　ただ、薬物死だったので、他殺か自殺かの判断は、早急には出せなかっただけである。

司法解剖の結果は、次のとおりだった。

死亡推定時刻は、十月十日午後十一時から十二時の間。

死因は、青酸中毒死。

外傷は、これといった傷はなく、何らかの病状も見つからなかった。

被害者、松平かえでは、十月二日午後六時に車で外出し、その後、行方不明になっているから、失踪の八日目の夜に死亡したことになる。

死体が発見されたのが、十月十一日である。それまで荒川の土手で、白いベンツは発見されていない。死体が運転してくることは考えられないから、何者かが、車を荒川の土手まで運転してきて、運転席に松平かえでの死体を置いて、立ち去ったとしか考えられない。

と、すれば、この事件は、殺人事件と断定していいだろうと、十津川は決めた。

その後は、殺人事件としての捜査方針を考えてきたのだが、その場合でも、死体の人物について、疑問を持つことはなかった。

松平かえでとして経歴を調べ、母親や友人、知人から、彼女の性格などもきいて回った。

そんな時の投書である。

(別人だとは、考えにくい)

と、いう気持ちが、正直なところだった。

捜査本部の空気も、同じだった。

服装も失踪した時と同じだし、左手の薬指にはめられていた指輪も、同じだった。

母親の千代の話によると、祖母の持っていたいくつかの指輪のなかで、かえではダイヤの指輪が好きで、それをそのまま使っていた。死体の指にあったのも、そのダイヤの指輪だった。

血液型は、司法解剖の時に調べてある。もちろん、同じB型だった。

三上本部長に、投書のことを話してたら、たぶん、一笑に付されてしまうだろう。

それにもかかわらず、十津川は、投書のことが気になった。引っかかった。

じっと、それを抑えていたのだが、遂には抑えきれなくなった。

「松平かえでの遺体が、荼毘《だび》に付されたのは、いつだったかな？」

と、十津川は、亀井にきいた。

「確か、今日じゃなかったですか」

「今日の何時だ？」

「すぐ、調べてみます」

亀井は、松平家に電話したあと、

「午後四時三十分の予定になっているようです」

と、いう。

十津川は、反射的に、時計に目をやった。

午後四時六分。

「すぐに電話して、止めてくれ！」

と、十津川が、叫んだ。

刑事たちは、びっくりしていたが、亀井が、松平家と火葬場に連絡を取った。

そのあと、

「やはり、投書が、気になりますか？」

と、十津川に、いった。

「同じような投書が何通かきていれば、かえって気にならなかったと思うんだが、たった一通だけだからね。逆に気になって仕方がないんだよ」

と、十津川が、いった。

「それに、被害者が、上野や浅草周辺というより、下町の有名人だからじゃありませんか？　盛大な葬儀を計画していて、それを、下町の賑わいに結びつけようとする話もある。そんな時だからじゃありませんか？」

と、亀井が、いった。

十津川も、そういう話はきいていた。

松平かえでという名前も、明治百五十年、別のいい方をすれば、戊辰戦争百五十年にふさわしいという声もある。

「松平かえでが、会津藩主松平容保の子孫だという話で、マンガが作られているという話もあります」

と、北条早苗が、いった。

十津川は、苦笑して、

「それは、噂話だろう。歴史的な事実じゃないときいている」

「それでも構わない。逆に、事実じゃないほうが、いろいろと脚色できて、楽しいという人もいるみたいです」

「そうなると、松平かえでが、普通の死に方じゃなくて、殺されたというのは、マイナスなんじゃないのか？」

「それも逆に、悲劇的な死に方ということで、宣伝価値があるという人もいるみたいです」

と、早苗が、いった。

「今回、警察がチェックを入れることは、批判されるかもしれないね」

十津川は、ちょっと引く感じになった。

だが、一度始めた作業は、実行しなければならない。

「死体について、指紋照合をすることにしよう」

と、十津川は、いった。

普通、死体が本人のものかどうか、指紋を照合して判断する。

今回、それがおこなわれなかったのは、被害者が下町の有名人で、多くの人が、顔をしっていたし、何といっても、母親の証言が大きかった。

「もう一つありましたよ」

と、亀井が、いった。

「左膝の傷だろう」

と、十津川が、きいた。

松平かえでは、十月二日の午後六時以降、行方不明になっていた。

その後の十月三日に、母親から捜索願が出された。

その時、母親の千代は自分で、かえでの顔写真入りのポスターを作って、上野周辺に配布した。

そのうちの一枚が、十津川たちのいる捜査本部にも配られているのだが、そのポスターに〈松平かえでの特徴〉として、身長、体重などが書きこまれているのだが、そのなかに、

〈失踪前日（十月一日午後）に、階段から落ちて、左足の膝に、打撲傷をこしらえている〉

という項目もあった。

そのため、十月十一日に、白のベンツのオープンカーのなかで死体が発見され

た時も、左足の膝が調べられていた。

その時、左足の膝に打撲傷が発見されたので、死体が、松平かえでと断定される理由の一つになっていた。

十津川が、改めて、指紋の照合を指示したのだが、夜に入ってから、千代が弁護士を連れて、抗議のために捜査本部を訪ねてきた。

2

千代は、十津川に向かって、こういった。

「私としては、一刻も早く、かえでの遺体を荼毘に付して、安らかに眠らせてやりたいのですよ。ただ、殺されたということで、警察に協力させていただき、それが遅くなってしまいました。やっと、それもすんだということで、ほっとしていたのです」

と、いったあと、

「なぜ今になって、本人確認が必要なんでしょうか？　娘のかえでであることは、間違いありませんのに」

と、抗議した。

強い口調ではなかったので、十津川は、ほっとしてから、

「本人確認の手続きのなかに、一つだけ忘れてしまっていたことがありましたので、それをさせていただいただけです。松平かえでさんだということについて、疑念を持ったわけではありません」

と、十津川は、いった。

千代に同行してきた佐伯《さえき》弁護士は、皮肉っぽい目つきになって、

「指紋の照合でしょう。今までに、本人の確認のため、指紋の照合をしなかったケースもあるわけでしょう?」

「確かにありますが、今回は大きな事件なので、念のためということを考えました」

と、十津川は、いった。

「しかし、私たちの家庭に起きた小さな事件でしかありませんよ」

千代が、いい返した。

「いや、亡くなった松平かえでさんは、なかなかの人気者ですからね。決して小さな事件とはいえませんよ」

「それで、指紋の照合は、どのくらい時間がかかるんですか？　千代さんとしては、一刻も早く、安らかに眠らせてあげたいと、考えていらっしゃいますので」

と、佐伯弁護士が、いった。

「遅くとも、明日の午前中には、終了するはずです。すでに、作業に取りかかっていますから」

十津川がいうと、千代は、小さくうなずいてから、

「その作業が終わりましたら、私どもとしては、警察の捜査には、全面的に協力させていただきたいと思っております。娘を殺した犯人は、私としても、一刻も早く逮捕していただきたいと思っておりますから」

と、頭をさげた。

「かえでさんは、二日の午後六時から消息が摑めなくなったわけですが、十一日に遺体で発見されるまでの空白の時間帯で、何かわかったことがありますか？その間、どこにいたとか、何をされていたかといったことですが」

と、北条早苗刑事が、きいた。

その質問に対して、佐伯弁護士が、答える。

「かえでさんがいきそうな場所や、会いそうな人間について、こちらの千代さん

に考えてもらって、うちの事務所の人間が電話で問い合わせてみましたが、残念ながら、かえでさんの行き先も、会った人間もまったくわかっておりません」

「十月二日には、かえでさんは、車で出かけられたんでしたね。どこかで、白いベンツのオープンカーを見かけたという話もないんですか？」

「それも、残念ながらありません」

と、佐伯弁護士は、いう。

十津川自身は、二人に向かって、何の質問もしなかった。

形としては、現在、発見された死体の身元確認をしているところである。つまり、死体が松平かえでかどうか、現在、不明だということである。

それを、松平かえでのことで質問するのは、形として、おかしなものだと、妙にこだわったからだった。

その代わりに、

「地元の上野や浅草では、かえでさんを、お祭りの際に担ぎあげようという空気があるそうですね？」

と、佐伯弁護士に、きいてみた。

「何しろ、今年が戊辰戦争百五十年ですからね。今までは、明治維新の勝者だった薩摩や長州、土佐《とさ》などの有名人を、お祭りに取りあげてきましたが、今年は、敗者を取りあげようという空気になりました。一番の人気者は新撰組ですが、会津藩主の松平容保もいいんじゃないか。何といっても、戊辰戦争の幕府側の総大将でもありますし、今の言葉でいえば、なかなかのイケメンでもありますから」

と、佐伯弁護士が、いう。

「それに、かえでさんを、取りあげようというわけですね？」

「悲運の藩主、松平容保の子孫が、かえでさんということになれば、一つの歴史が浮かびあがってきますからね。彼女は美人で、気品があるから、松平容保の子孫といっても、おかしくはありませんから」

「でも、子孫だという証拠は、ないわけでしょう？」

「残念ながらありません。しかし、子孫であろうとなかろうと、楽しい話じゃありませんか？」

と、佐伯弁護士は、微笑した。

「具体的な話になっているんですか？」

と、北条早苗が、きく。

「かえでさんが亡くなる前にあった話ですが、浅草寺のお祭りで、お姫さまになって主役を演じています」

「そのお祭りは、テレビ放送で見た記憶があります」

「そのお姫さまを、戊辰戦争百五十年にふさわしく、もう少し具体的な人物にしようという話もあったんです。例えば、会津城の攻防戦の時、徳川家の娘が、薙《なぎ》刀《なた》を持って、政府軍と戦ったという実話があるのですが、その徳川家の娘に扮してもらおうとか、松平家の娘なのだから、藩主の娘か奥方として、お祭りに参加してもらおうかという話がありました。かえでさんが急死してしまったので、この話がどうなるのか、興味を持って見守っているんですが？」

と、佐伯弁護士が、いう。

その翌日。

午前十時、捜査本部に、指紋照合の結果についての報告があった。

「上野の自宅と料亭の五カ所から、松平かえでの指紋を採取、死体の指紋と照合した結果、完全に一致したことを報告いたします」

ということだった。

自宅と料亭の指紋採取の時の、写真も添えられている。

十津川は、この結果にほっとしながらも、一面、はぐらかされたような気持ちにもなっていた。

十津川は、机の引き出しから、例の投書を取り出して広げてみた。

〈殺された松平かえでさんは、偽者です〉

黒のマジックの字である。

筆跡を隠そうとしてはいない。人違いだと書き、よぶんな言葉もない。潔《いさぎよ》い、というか、このことだけをしらせておけばいい、という気持ちが伝わってくる感じだったのだ。

だから、ひょっとするという気持ちがわいて、慌てて荼毘に付されそうになっていた遺体を、押さえたのである。

ところが、

〈肩すかし、か〉

と、なってしまった。

気を取り直し、改めて、捜査会議を開くことになった。

そこで、十津川がいったのは、松平かえでのことよりも、彼女の父親、松平容敬のことだった。

彼が松平容敬を名乗っていたのは、明らかに、祖父が戊辰戦争時代の会津藩主、松平容保に憧れていたからである。

藩主、松平容保の名前を、そのままもらうのは、いくら何でも恐れ多いということで、松平容保の弟、松平定敬の一字を借りたのだろう。

この松平家が、会津藩主松平容保とどんな関係なのかは、はっきりしない。が、ひたすら松平容保家に近づこうとしていたことは、わかる。

容敬は、上野の料亭〈まつだいら〉のオーナーの仕事を続けながら、台東区議会の議員になり、最後は副議長にまでなっていた。今から九年前、かえでが二十歳の時である。

突然、旅に出ている。

ゴールデンウィークの直前である。妻の千代に向かって、

「一週間ばかり旅行に出る」

と、行き先も告げずに、出かけたというのである。

こうした容敬の行動は、別に珍しいことではなかった。

容敬は、一年に一回、

「命の洗濯をしてくる」

と、いって、行き先を告げずに、一週間ほどの旅に出ていたのだ。そして、何事もなかったように帰ってきていたから、千代も、いつものことだと思って、別に心配をしていなかった。

しかし、九年前のこの年は、日光の、華厳の滝の滝壺に浮かんでいるのが発見されていた。

自殺と断定された。

容敬が自分の足で、華厳の滝の上まで登り、そして、そこから飛びこんだと推測されているからである。

遺書もなく、運転免許証は見つかったが、携帯電話は見つからなかった。

この時、警察が重視したのは、旅館を出てから三時間後に、華厳の滝で死んでいたことだった。

最初から、華厳の滝に飛びこんで死のうと決めていたのか?

それとも、死ぬことなど考えずに、旅館を出たのか? もし、後者なら、三時間の間に自殺を決意し、華厳の滝の滝壺に飛びこんだことになる。

携帯電話を捨てたのも、この三時間の間であろう。なぜ、携帯電話を捨てたのか？

その答えが見つからない間に、九年が経ってしまったのである。自殺事件だったので、迷宮入りということもないのだが、捜査の敗北であることに変わりはない。

「そして、九年後、今度は、松平容敬の娘かえでが亡くなりました。父親の時は自殺、娘の場合は他殺ですが、私は、この二つの事件は、関連性があると確信しています。われわれは、そのことを考えて、捜査に当たる必要があると思っています」

と、十津川は、続けた。

「私が、まず第一に調べたいと思うのは、父娘が亡くなった松平家のことです。会津藩主、松平容保の子孫だという噂もありますが、そうだという証拠はありません。私から見ると、この家は、ひたすら自分たちを松平容保の子孫に見せかけて、生きてきたような気がするのです。父親は、容敬という名をつけられ、娘のかえでは、浅草のお祭りのお姫さまに扮したりしていました。したがって、今回の殺人事件の解決には、この松平家の歴史を調べる必要があると、私は、考えています」

3

十津川は、自分の考えにしたがって、捜査を進めた。

今から百五十年前の一八六八年（慶応四年）五月に、上野戦争があった。

彰義隊と新政府軍との戦いである。

この頃、第十五代将軍徳川慶喜《よしのぶ》は、大政を朝廷に奉還していた。大政奉還《たいせいほうかん》である。簡単にいえば、朝廷に降伏したのである。

しかし、朝廷といっても、当時、明治天皇は十六歳。実質的に朝廷を支配していたのは、薩摩、長州、土佐、肥前《ひぜん》といった勢力である。

そのことに、不満を持っていた武士たちが、浅草浅草寺で結成したのが彰義隊である。諸藩を脱藩した浪人たちが結集して、その数は三千人を超えた。

彼等は、彰義隊と名乗り、上野寛永寺《かんえいじ》に軟禁中の徳川慶喜の護衛を名目として、上野に結集した。

当時、上野不忍池近くに、大きな屋敷があり、彰義隊の三百人が使っていた。

寛永寺正面の黒門口を守る隊で、隊長は松平主馬《しゅめ》。松平姓の家としては名門だと、話していたという。

現在、料亭〈まつだいら〉の当主である千代にきくと、

「私の曾祖父の話では、当時から私たちも松平姓で、隊長の松平主馬さんとは、松平同士で気が合い、二人だけでいろんなことをよく話したそうです」

彰義隊は最初、威勢がよくて、江戸まで攻めてきた新政府軍も、上野の攻撃を断念しかけたという。しかし、会津攻撃を考えてから、大村益次郎《おおむらますじろう》を呼び寄せ、上野攻撃を命じた。

その時、松平隊長は、戦争になれば、彰義隊は、新政府軍にはとてもかなわないと見ていたという。

彰義隊は、数だけは三千人と多いが、その装備は格段に落ちる。彰義隊の持つ銃のなかには、古い種子島《たねがしま》も多く、それに比べて、新政府軍の銃は、すべてイギリス、アメリカの新式の元込め銃である。大砲もある。それに、海軍は、すべて新政府側で、海上からの攻撃もある。

松平主馬は、千代の曾祖父に向かって、戦争が始まれば、彰義隊は、二日と持たずに壊滅するだろう。上野黒門口を守るわが隊も全滅し、わが松平家も滅亡す

る。あなたは、今回の戦争には加わらず、松平家をいつまでも守り続けていってくださいといったという。

千代の曾祖父は、最初は彰義隊に味方して、新政府軍と戦うつもりだったが、松平主馬の忠告にしたがって、上野戦争には参加しなかった。

上野戦争は、松平主馬の予想どおり、新政府軍の攻撃の前に、二日どころか一日で、彰義隊は全滅してしまった。

「曾祖父は、よくいっていたそうです。おかげで、わが松平家は、滅びることもなく、明治になってから料亭を始めて成功した。すべて、あの隊長さんの忠告にしたがったおかげであると、そういっていたそうです」

と、いうのである。

しかし、十津川は、その言葉に首をかしげた。

十津川が調べたところでは、上野寛永寺黒門口を守っていた彰義隊は、二大隊五百人で、全滅しているが、二人の隊長の名前は、どちらも松平主馬ではないのだ。

ひとりは、上方主計《かみがたかずえ》、四十二歳。

もうひとりは、竹下繁之《たけしたしげゆき》、四十五歳。そして、竹下主税《ちから》、十六歳という名が記載されている。竹下繁之と竹下主税のほうは、たぶん、父子での上野戦争への参加だったのだろう。

この二人の隊長の部下の名前も、ずらりと並んでいるが、そのなかにも松平主馬の名前はなかった。

十津川は、その名簿を千代と、料亭〈まつだいら〉の顧問弁護士の佐伯に見せた。

「ご覧のように、黒門口の守備隊に、松平主馬の名前はないし、彰義隊全員の名簿のなかにもないのです」

と、十津川がいうと、千代は、首をかしげて、

「曾祖父の話として、わが家に伝わっているのは、上野戦争の時、わが家に松平主馬という隊長さんと、二百人の兵士が泊まりこんでいた。わが家と同じ松平姓なので、曾祖父と隊長さんと気が合って、夜を徹した。日本の未来とか、徳川家の未来について話し合ったというのです。曾祖父の日記にも、そうした話が書かれています」

と、千代が、いう。

佐伯弁護士は、こんな推理も示した。

「松平主馬さんは、新政府軍に、憎まれていたんじゃありませんかね。会津藩主の、松平容保さんもそうです。京都所司代の時、勤王の志士を逮捕したり、斬首したりしていましたから。それで、死後、自分の遺体を新政府軍に悪戯されるのを恐れて、変名をつかっていたんじゃありませんか」

と、いうのである。

十津川は、すぐに反対はせず、

「その可能性は、大いにあると思いますが、それだけの理由ではないような気がするんですよ」

と、いった。

「では、十津川さんは、どう考えていらっしゃるのですか？」

と、千代が、きいた。

「それは、私にもわからないのです。考えがまとまってから、お話ししたいと思っています」

と、十津川が、いった。

彰義隊は、もともと大藩のなかに作られた隊名ではない。水戸勤王党《みときんのうとう》、土佐勤王党、あるいは、長州の高杉晋作《たかすぎしんさく》が作った奇兵隊とも違う。諸藩の脱藩浪人の集まりである。最初、渋沢喜作《しぶさわきさく》が隊長（頭取）だったが、途中から脱隊してしまった。そんな隊だから、本名を隠しての参加が多かったのだろう。

しかし、十津川は、簡単には、千代の話を鵜呑みにすることはできなかった。

その松平姓の問題とは別に、上野黒門口の二人の隊長の片方の名前に、十津川は、注目した。

竹下繁之　四十五歳

竹下主税　十六歳

の二人である。

二人はたぶん、父子だろう。

父親は、黒門口を守る二人の隊長のひとりだった。

竹下繁之、四十五歳である。彼には、十六歳の息子、主税がいた。

この名簿をそのまま信じれば、竹下父子は、この日、上野寛永寺の黒門口を守って、死んだことになる。

しかし、この時徳川慶喜は、すでに大政奉還をしていた。降伏していたのである。

竹下繁之は、十六歳の息子を死なせたくなかったのではないだろうか。名簿には載せておいたが、実際には、黒門口の戦いには参加していなかったのではないのか？

武士は、格好のいい死に場所を見つけようとするが、その一方で、自分の名誉ある家系が残ることを考える。

徳川慶喜も、自分の家系が残ることを考えて、大政奉還している。

したがって、竹下繁之が竹下の家系を残すために、十六歳の息子をひそかに逃がしたことは、充分に考えられるのだ。

次に会った時、十津川は、自分の考えを千代と佐伯弁護士に話してみた。

「どうですか？」

と、十津川がきくと、佐伯は、戸惑いの表情で、

「あり得ると思いますが、それが今回の事件と、どんな関係があるのでしょうか？」

と、きき返した。

十津川が、笑って、

「私がききたいのは、この竹下繁之が、どうやって息子の主税をうまく逃がしたのか、ということなんですがね」

と、いうと、千代は眉を寄せて、

「それこそ、今回の殺人事件とは、何の関係もないでしょう」

と、いう。

「そうでしょうか？」

「どこかに関係があるんですか？」

「この竹下繁之がですね、あの時、おたくの邸にいた彰義隊の隊長だとして考えたんですよ。何とか息子を助けたいと考えた竹下は、上野戦争に出発する時、ひそかに息子の主税をおたくに託したんじゃないか。それが一番安心ですからね」

と、十津川は、いった。

「それは、曾祖父の話と違います。当時、うちにきていた隊長さんは、松平主馬さんですから」

千代は、強い調子で、いう。

十津川は、にっこりして、

「そうでしたね。じゃあ、松平主馬さんにしましょう。松平主馬さんには、その時、十六歳の息子がいた。その息子を死なせたくないので、おたくの邸に託して、上野戦争を戦うために黒門口に向かったということになりますね」

「名前が違います」

千代が繰り返す。

佐伯弁護士が、小声で、

「十津川さんは、わざと間違えているんですよ」

と、注意した。

千代は、まだ気がつかずに、

「わざとって、何のこと?」

「竹下繁之は松平主馬だとして、話しているんですよ。それを、こちらがしっているとわかっているんです」

自然に、佐伯弁護士の声が、大きくなってくる。

「そうです」

と、十津川は、うなずいて、

「当時、おたくの邸にいたのは、松平主馬という隊長だった。松平主馬には、十六歳の息子がいて、松平主馬は、息子を死なせたくなかった。だから、息子をおたくの家に託して、黒門口に出ていった。ただ、松平主馬という名前が、新政府軍に憎まれていたので、竹下繁之という変名で戦ったのです」

「でも、それじゃあ、松平という名家の名を、残せないじゃありませんか?」

千代はまだ、十津川の意図を完全にわからないのだ。

「しっかりと残したんですよ」

十津川は、構わずに、いった。

「よくわかりませんけど?」

「当時、あなたの家は、松平姓じゃなかったんじゃありませんか? たまたま邸を貸した家の姓が松平で、借りたほうの姓も松平だったというような偶然を、私は信じていないんです」

「でも——?」

「いいですからもう少し話をきいてください。当時、あなたの家は、不忍池近くに、大きな邸を持っていた。しかし、松平姓ではなかった。たぶん、竹下姓じゃなかったんですか? 松平主馬という隊長が、十六歳の息子とともに泊まることになった。これが、正しい状況だったんだと思いますが、違いますか?」

「——」

千代は、黙ってしまった。

十津川は、構わずに続けた。

「当時、上野に広い邸を持っていた竹下家の人たちは、松平という姓が、どうしてもほしかった。それは、名門の姓だったからですよ。一方、上野の戦いで死を覚悟していた松平主馬という男がいた。彼は、今度の戦いで死ぬだろうと思っていたが、松平姓も、この世に残しておきたかった。またそれ以上に、息子、松平主税のことを何としてでも助けたかった。両家の思惑が、この時に一致したんですよ。松平主馬は、自分の松平姓を竹下家にゆずり、竹下繁之として死ぬことによって、竹下家が松平姓を守ってくれる。それだけではなく、息子も生きていける。竹下家のほうは、栄光のある松平姓を名乗っていくことができる。それだけで、本物の松平主税を養子に迎えることで、松平家の血まで手に入れることができた。その代わり、竹下姓を失うが、手に入る栄光に比べれば、物の数ではなかった。ここまでの話に、何か間違った点がありますか？」

「違っているといったら、どうするんですか？」

と、千代の代わりに、佐伯弁護士が、きいた。

「もちろん、徹底的に調べますよ。あなたの先代について、先々代について、いや、三代前は何という姓で、いつから松平姓になったのかをね」

と、十津川が、いった。

「続けてください」

と、千代が、妥協した。

4

「このあとは、今回の殺人事件について話し合いましょう」

と、十津川は、いった。

「まず、松平かえでという女性が、どういう人かを教えてください」

「しかし、娘については、警察は、いろいろと調べられたんでしょう?」

と、千代が、きく。

「もちろん、調べました。しかし、一緒に暮らしてこられて、母親としての見方をしりたいのです」

「優しい娘です」

「一点」

「何です？」

「こちらが勝手に点数をつけているだけですから、構わずに続けてください」

「二十九歳でしたが、結婚は急がないといっていました」

「一点」

「好きな男性がいるのはしっていました。一日一回は、お互いに連絡を取る約束をしていると、そういっていました」

「五点」

「政治にも関心があり、四十歳をすぎたら、区議会議員に立候補してもいいと思っていると、いったことがあります」

「三点」

「一年間、外国にいってみたい。行き先は、中国、そんな希望を口にしていたこともあります」

「一点」

「お酒は好きでしたよ。あまり強くはありませんでしたけど」

「一点」

「娘の夢も私の夢も同じだったんですけど、私たちの松平家が、いったいどんな家系だったのか、どんな先祖を持っているのか、それを調べることだったんですよ。娘は亡くなってしまいましたけど、それが娘の夢だったので、私が調べてもいいと思っているのです」

「一点」

「そちらの要望もききましょう」

と、佐伯弁護士が、いった。

「殺人事件の捜査に必要があるものがあれば、遠慮なくいってください。協力は惜しみません」

「今のところはありません」

「では、帰っていいわけですね？」

「もちろん」

「では、帰りましょうか」

佐伯弁護士は、千代を促して、出口に姿を消したが、七、八分して、ひとりで戻ってきた。

「ちょっと気になったことがあるんですがね」

と、十津川に向かって、いった。

「女将さんは？」

十津川が、きいた。

「先に帰りました」

と、佐伯弁護士が、いった。

「十津川さんは、松平家について、どう思っているのか、正直なところをきいてきてほしいと、女将さんにいわれたんですよ」

「やはり気になりますか？」

と、十津川が、きく。

「当然でしょう。十津川さんは、百五十年前の上野戦争の時に、松平姓を手に入れたようにいわれた。女将さんは、そんなことはないので、厳重に抗議したいといわれて帰られたのですが、そのことをお伝えしておきたい」

「私は、その可能性があると、申しあげただけですが」

と、十津川は、いった。

「姓名というものは、その人間の根本に関係するものなので、軽々しく、あれこれいってほしくはない。それに、今回の殺人事件に、関係があるとは思えない」

「ちょっと待ってください」

十津川は、佐伯弁護士の言葉を遮って、

「私は、今回の殺人事件には、松平という姓が絡んでいるような気がしているのです。もちろん、関係がなければ、この件については言及しませんが、事件に関係があれば、遠慮せずに、松平姓についても触れていきます。それが、われわれ警察の仕事ですから」

「触れ方にも気を遣ってほしいと、申しあげたいのです」

「わかりました」

と、十津川は、一応うなずいてから、

「ひょっとして、女将さんも、かえでさんが殺されたことに、松平姓が絡んでいると思っているのではありませんか？」

と、きいた。

「そんなことはありません。だから、私に、抗議してきてくれといわれたんですから」

佐伯弁護士は、それだけいって、帰っていった。

十津川は、改めて自分の手帳を見直した。千代や佐伯弁護士の話をききながら、点数をつけていた手帳である。

二人が捜査について、重要なことをいった時にはプラスをつけ、事件に関係のないことに触れた時には、マイナス点をつけたわけではなかった。

十津川たちも、今回の事件について、一応の捜査をしている。

その捜査と、千代たちの話が合った時には一点、合わなかった時は五点をつけていたのである。

竹下の邸に逗留していた彰義隊の二百人と、隊長の竹下繁之たちが出撃し、上野の寛永寺黒門口で全滅した事件については、千代は、弁護士の佐伯を通していろいろと説明し、あげくに、佐伯弁護士が心配して戻ってきて、さらに警察の考えを推し量ったが、十津川がこの件につけたのは、一点である。十津川も、この件については問題視していて、その点では、一致していたからである。

逆に、十津川が、問題として書き留めたのに、千代のほうがまったく触れない場合は、五点になる。

竹下繁之の黒門口での戦死は、双方で書き留めているから一点だが、十津川たちは、その竹下繁之と息子の竹下主税の名前があるのに、本名と思われる松平主馬の名前がなく、彰義隊全員の名前のなかにもないことを問題にしているのに、千代たちは、そのことに触れていない。だから、これは五点である。

実は、十津川が口にしていることで、五点をつけた項目が、もう一つだけあった。

ただ、これは十津川自身、口を閉ざして、今は努めて触れないようにしていた。

〈殺された松平かえでさんは、偽者です〉

あの投書である。

十津川は、この投書が引っかかっていて、気になって仕方がなかった。

しかし、その後、指紋などを照合して、松平かえで本人と断定されたのだが、あのこだわりは、まだ十津川のなかに残っていたのである。

その点について、千代たちは、まったく問題にしていないようなのだ。だから、点数は自然に、最大の五点になってしまう。

そんな十津川のこだわりというか、迷いが、顔に表れてしまうのか、亀井刑事は、

「まだ気になりますか？」

と、十津川に、きいてきた。

「すでに解決しているとは思うのだが、どこか棘みたいに、痛みが残っているんだ。だから、なかなか忘れられなくてね」

と、十津川が、いった。

「しかし、続きの投書はありませんね」

亀井が、いう。

「それは当然でしょう。死体が松平かえで本人だと、確定してしまったんですから」

と、若い日下刑事が、いう。

(どこか違うな)

と、十津川は、思った。

あの短い投書の主が、悪ふざけで送りつけてきたとは思えないのだ。自信があるからこその、投書だろう。普通、別人だという理由を、書き連ねてくるものである。それがなかった。

十津川は、その短さに引っかかるものを感じていた。その短さが、自信満々に思えたからである。

翌日、亀井が、笑いながら、

「引っかかるものが、また送られてきましたよ」

と、いって、一通の封書を持ってきた。

あの封書とまったく同じものだということが、すぐにわかった。

「前の投書の間違いを、謝ってきたんじゃありませんか」

という亀井の声をききながら、十津川は、中身を取り出した。

前と同じように便箋が一枚。そこに同じようなマジックの文字が並んでいた。


〈死んだのは、松平かえでさんじゃありません。鎌谷理佐子さんです〉


それだけである。

十津川は、黙って、それを亀井に見せた。

亀井は、黙ってしまった。

たぶん、その短さが、どういったらいいのかわからなかったのだろう。

きき直して、亀井が、いった。

「この、かまたにりさことというのは、何者ですかね？」

突然、提示された名前に、戸惑っているのだ。

それは、十津川も同じだった。

投書を開封する時、十津川は、二つの言葉を予想していた。


(まだ諦めませんよ)

(本人でよかったですね)


そのどちらとも違っていたのだ。

いきなり警察がしらない名前が書かれていた。そのことが、十津川を惑わせた。

十津川は考えた末、三上本部長に、この投書を報告し、

「できたら、この鎌谷理佐子という女性について調べてみたいのですが」

と、いった。

その途端に、

「馬鹿なことをいうな！」

と、怒鳴りつけられた。

それでも、十津川は、すぐには引きさがらず、

「この投書が、どうしても気になるのですが」

「投書した人間をしっているのか？」

「しりません」

「殺された女性が松平かえでだと、君は、まだ信じていないのか？」

「いえ、松平かえでだと確信しています」

「犯人は見つかったのか？」

「残念ながら、まだ見つかっておりません」

「そんな時に、よけいなことをするな！」

と、また怒鳴られた。

その直後に開かれた捜査会議でも、三上本部長が、叫んだ。

「今後の捜査では、つまらん噂話や投書などの類は無視して、松平かえで殺しの犯人逮捕に専念すること。それ以外のことは考えるな！」

しかし、十津川の頭の隅には「鎌谷理佐子」という名前が、ちらついて離れなかった。

第五章　東京から北海道へ

1

「鎌谷理佐子って、何者なんだ?」

と、十津川は刑事たちを見回したが、返事はなかった。誰もしらないのだ。

「少なくとも今回の事件の捜査では、その名前は、出てきていません」

と、亀井は、いった。そして、

「ただ、この投書では、松平かえでと並べて書かれていますから、松平家では、何かしっているかもしれません」

というと、日下刑事を連れて、料亭〈まつだいら〉に調べにいった。

一時間ほどして、亀井から連絡が入った。

「女将の千代さんにきいてみましたが、鎌谷理佐子という名前には、まったく記憶がないということです。遠い親戚にも、鎌谷という姓の者はいないと、女将はいっています」

それでも、十津川は、投書を無視できなかった。なぜか引っかかるのだ。

十津川は、帰ってきた亀井に、相談した。

「何とか、この鎌谷理佐子という女性の正体をはっきりさせたい。カメさんは、どうしたらいいと思う？」

亀井は、一瞬考えてから、

「警部は、その鎌谷理佐子という女性を、無視できないんですね」

「そうなんだよ。私は、どうしても気になるんだ」

「殺された松平かえでは、東京の人間です。とすれば、鎌谷理佐子という女性も、東京の人間ではないでしょうか」

「わかった」

十津川は、さっそく、都内の全警察署に連絡して「鎌谷理佐子」について、もし何か情報をしっていたら、回答をよこすように依頼した。

翌日の夕方、電話が入った。

「警視庁捜査一課の十津川警部さんでしょうか？」

と、男の声がきいてから、

「私は、六本木で『六本木ショット』という劇場をやっている小坂井といいますが、鎌谷理佐子さんのことをしっていたら、こちらに電話するようにと、警察の方にいわれまして」

「鎌谷理佐子という女性をしっているんですね？」

「はい。うちは、六本木の小さな劇場なんですが、何回かうちに出演していて、ヴァイオリンを弾かれています」

「すぐいきます」

十津川は〈六本木ショット〉の場所をきくと、亀井と二人で急行した。

最近増えている小劇場の一つである。

舞台では、ひとり芝居をやっていて、五十人ばかりの観客もいたので、十津川は、近くのカフェにオーナーの小坂井を連れていって、話をきくことにした。

まず、小坂井に松平かえでの写真を見せると、

「鎌谷理佐子さんですよ」

と、真面目な顔で、いう。

「そんなに似ていますか？」

「似ていますかって、鎌谷理佐子さんじゃないんですか？」

小坂井は、首をかしげている。芝居とは、とても思えなかった。つられて、十津川も生真面目に、

「写真の女性は、松平かえでという名前で、先日、亡くなっています」

と、答えてから、

「この投書をしたのは、あなたではありませんか？」

二通の投書を見せた。

「いや、私じゃありません。たぶん、出演者の相原だと思います」

と、小坂井は、いった。

「その相原さんも、鎌谷理佐子さんのことをよくしっているんですか？」

「ええ、しっています。彼女とここで同じ時に出演していましたから」

小坂井は、その相原がピアノを弾いているDVDと、鎌谷理佐子がヴァイオリンを弾いているDVDを持ってくると、店のテレビに映して、見せてくれた。

確かに、鎌谷理佐子は、松平かえでによく似ていた。いや、そっくりである。

「こちらのピアノの相原さんには、どこへいけば会えますか？」

と、十津川が、きいた。

「北海道に住んでいるんですが、今、どこにいるかきいてみます」

小坂井は、携帯電話をかけていたが、

「どうやら留守みたいですね。来年芸大で勉強するので、忙しいのかもしれません」

と、いった。

「ほかに、鎌谷理佐子さんをよくしっている人は、いませんか？」

「関口という人がいます。彼は、相原の友人で、相原と同じように、北海道に住んでいます。ただ、私には、彼の住所や携帯電話の番号がわからないので、彼に連絡することはできません」

小坂井は、申しわけなさそうに、いう。

「二人とも、同じ北海道ですか？」

「そうです」

「この鎌谷理佐子さんも、北海道ですか？」

「ええ、そうです。確か、札幌ときいています。彼女の住所や勤め先はわかりませんが、携帯電話はわかっていますから、かけてみましょう」

小坂井は、あっさり、その携帯に電話をかけてくれたが、

「かかりませんね。呼び出し音もしないから、この携帯は廃棄されてしまったのかもしれません」

と、いった。

「相原さんのほうは、どうだったんですか？　呼び出してはいたんですか？」

「ええ、呼び出してはいましたが、出なかったんです」

と、小坂井は、いう。

（このほうが問題ではないか）

と、十津川は、思ってから、

「相原さんと関口さんは、北海道の大学生でしたね？」

「そうです。同じ札幌のN大の四年生だときいています」

と、いう。

十津川は、N大の電話番号を調べて、そこに電話をかけてみることにした。今日中に、鎌谷理佐子という女性が何者なのかをしりたかったのである。

N大で、四年生の関口たちの住所と電話番号を教えてもらう。

住所は洞爺である。携帯電話の番号にかけてみる。こちらは、あっさりと相手

が出る。

「関口ですが」

「こちらは、警視庁捜査一課の十津川といいますが、あなたは、鎌谷理佐子さんを、ご存じですね？」

「ええ、しっています」

「よければ、どちらで知り合ったのか、それを教えてくれませんか？」

と、十津川は、いった。

関口は、口ごもっていたが、やがて、話しはじめた。

「私は毎日、洞爺から札幌のN大に『スーパー北斗』で通っているのですが、その列車のなかで、よく出会う女性がいるんです。とても綺麗な人なので、ちょっと気になりましてね。調べたら、鎌谷理佐子さんだということがわかりました。それで、言葉を交わすようになったのですが、ただ、親しくつき合っているわけじゃありません。私にしてみれば、毎週一回『スーパー北斗』で出会う女神といったところでしょうかね」

といって、電話の向こうで、関口が笑った。

十津川は、つづけて、きいた。

「あなたは、松平かえでさんをしっていますか？」

「ええ、しっています」

「どうしてしっているんですか？」

「先日、来年就職する予定になっている会社の東京本社の企業説明会にいったのですが、その時、時間があったので、東京見物をしようと観光バスに乗りました。そうしたら、浅草で、お祭りに出会いましてね。その時、お姫さまに扮していた女性が、あまりにも鎌谷理佐子さんにそっくりだったので、びっくりしまして、きいたところ、松平かえでさんとしりました。それだけのことで、特に彼女と親しいというようなことはありません」

「その松平かえでさんが、先日、亡くなりました。殺されたのです。その殺人事件の捜査を私が担当しているのですが、捜査本部に投書されたのは、もしかすると、あなたではないのですか？」

「投書？　いったい何のことですか？　私には、よくわかりませんが」

「被害者は、松平かえでではない。鎌谷理佐子だという投書ですよ」

「いいえ、私ではありません。私は、そんな投書はしていません」

「しかし、あなたは、松平かえでさんと鎌谷理佐子さんの二人の名前をしっていらっしゃる」

「確かにそうですが、それは偶然しっているだけで、二人と親しいというわけじゃありません」

「しかし、気になる女性だったわけでしょう?」

「二人とも美人ですからね。気になるのは自然でしょう?」

「東京で亡くなったのが、松平かえでさんではなくて、鎌谷理佐子さんだというのは、どうして、そう思ったんですか?」

「困りましたね。刑事さんのいう投書は、私には何の関係もありませんよ。だから、松平かえでさんが亡くなったのも、刑事さんにきいて、初めてしったんです」

「では、鎌谷理佐子さんが、死んだわけじゃないんですね」

「と、思いますが」

「では、今でも『スーパー北斗』の車内で、一週間に一回、彼女に会っているわけですね?」

「いや、最近は会っていませんよ」

「どうしてですか?」

「そんなこと、私にはわかりませんよ。引っ越したのかもしれませんし、病気かもしれないでしょう」

「最後に鎌谷理佐子さんに会ったのは、いつでしたか?」

「さあ、いつだったですかね。そういう細かいことは、まったく覚えていません。刑事さんは、松平かえでさんの事件を追っているんで、そのことと鎌谷理佐子さんとは関係ないでしょう? 私も、そちらの事件とは関係ないので、失礼しますよ」

と、いって、関口は、電話を切ってしまった。

2

十津川は、腕時計に目をやった。

亀井は心得て、すぐに店で、時刻表を借りた。

「今なら、新幹線の最終にまだ間に合いますよ」

と、亀井が、いう。

「とにかく、関口という男に会いにいこう」

と、十津川は、いった。

何とか、東京発一九時二〇分の「はやぶさ37号」に間に合った。

行き先は、新函館北斗。到着は、二三時三三分である。

走り出してから、東京駅で買った駅弁を食べる。

こんな忙しさは、ここのところほとんど毎日である。

食べながら、十津川が、いった。

「明朝の早い飛行機でもよかったんだが、早いうちに、関口という男の近くにいっておきたくてね」

「それは、電話の様子がおかしかったからですか？」

「そうなんだ。明らかに彼は、何かを隠している。私には、そんな感じがして仕方がなかった」

「しかし、投書の主は、関口という男のように思えますが」

と、亀井が、いう。

亀井のほうも、駅弁を食べながらの会話である。

「私も、そう思う。何しろ関口は、松平かえでと鎌谷理佐子の二人に会っているわけだからね。そう考えるほうが自然だろう」

「それなのに、なぜ、投書を否定したんですかね？」

「投書のあとで、誰かに脅かされたか、あるいは、自分が投書したことを後悔するようなことにぶつかったのか。おそらく、そのどちらかだろうと思うね」

「われわれも、どちらかに決めないと、捜査方針が立ちませんよ」

と、亀井が、いった。

亀井のほうが先に駅弁を食べ終わり、これも駅で買ったお茶を、美味しそうに飲んでいる。

いつも亀井のほうが、先に食べ終わる。

「そうだよ。殺されたのが松平かえでの場合と、鎌谷理佐子の場合とでは、捜査の舞台が大きく違ってくるからね」

と、十津川が、いった。

「警部は、殺されたのは、どちらだと思っているんですか？」

亀井が、きく。

「もちろん、松平かえでだと思っている。彼女の母親や従業員の証言をきけば、松平かえでと思わざるを得ないじゃないか」

と、十津川は、いった。

「それでも、二通の投書が引っかかるんでしょう？」

「そうだよ。だから、こうして北海道行の列車に乗っているんだ。いまいましい限りだよ」

と、十津川は、苦笑して見せた。

「いまいましいですか？」

「当たり前だ。あの投書がなければ、今頃、捜査だって、かなり進展していただろうからね。松平かえでの関係者を片っ端から洗っていって、容疑者が浮かんでいたかもしれないからね」

と、十津川が、いった。

「ひょっとすると――」

と、亀井が、悪戯っぽい目になって、十津川を見た。

「ひょっとするとって、いったいどうしたんだい？」

「被害者をどちらかには、なかなか決められないかもしれませんよ。三上本部長は、怒鳴り出しますよ」

亀井が、腕をくんだ。

「だから、こうして北海道に急いでいるんじゃないか」

十津川は、自分にいいきかせるように、いった。

「少し寝よう」

と、十津川のほうから、いった。

目を閉じる。

すぐ眠ってしまったのは、疲れているからだろう。

定刻の二三時三三分に、新函館北斗駅に着く。

ホームに降りると、さすがに北海道の寒さが、十津川の体を包みこんだ。

電話で予約した、駅前のビジネスホテルにチェックインした。

二人は、すぐツインルームに入ったのだが、列車のなかで眠ってしまったので、なかなか眠れない。

十津川は、午前〇時をすぎていたが、もう一度、関口透の携帯に、電話をかけてみた。

呼んでいるのだが、一向に、相手が出る気配がない。

「出ませんか？」

と、横から亀井が、きく。

「ああ、出ないね。いったい何を怖がっているのかね」

十津川は、小さく首をすくめた。

亀井は、カバンから取り出した、二枚の写真を机の上に並べている。

松平かえでと、鎌谷理佐子の写真である。

「これならたしかに、迷いますよ。よく似ていますからね。年齢も背格好もほとんど一緒ですから」

と、亀井が、いった。

「そのどちらかが死んで、どっちかが生きているんだ」

「犯人は、どっちの女性を殺したんですかね？」

「そんな禅問答をやっていると、よけいにいらいらしてくるから、先に寝るよ」

と、十津川は、いった。

翌日、ホテルで朝食を取ったあと「スーパー北斗」で洞爺に向かった。

旅館〈洞爺一番館〉を捜して、訪ねていく。そこが、N大で教えられた関口の住所である。

両親には会えたが、息子の透は、今は家を出て、卒業までの間札幌のマンションに、ひとりで住んでいると教えられた。

「息子さんは、それまでは、ここから毎日『スーパー北斗』で札幌のN大に通っていたのですね？」

と、十津川は、両親にたしかめた。

「そうです。『スーパー北斗』で通っていました」

「その列車のなかで、毎週月曜日に、美人に会っていたよというような話をしていませんでしたか？」

十津川が、きくと、両親は、顔を見合わせた。

「そういえば、息子と一緒に酒を飲んだ時、そんな話をしていましたね」

と、父親が、いった。

「どんなことをいっていましたか？」

「今日、たまたま『スーパー北斗』のグリーン車に乗ったら、ものすごい美人がいた。しばらく見とれてしまったと、そういっていましたね」

「何回もですか？」

「いや、二、三回です。そのあとは、いくらこちらがきいても、なぜか、もう忘れたといっていましたね」

と、父親が、いうのだ。

「これから札幌にいって、透さんに会おうと思っているのですが、住んでいるマンションは、何というマンションなのか教えてくれませんか？」

十津川が、きくと、

「コーポ札幌二番館ですよ。でも、そこにはいないかもしれませんよ」

と、母親が、答えた。

「しかし、昨日、携帯にかけたら、すぐに息子さんが出て、いろいろと話をしましたよ」

「でも、札幌のマンションにはいないんですよ」

「どういうことですか？　おっしゃっていることがよくわからないのですが」

「息子は、来年就職なんです。本人は、東京の会社に就職するつもりらしいのですが、ひとり息子ですからね。何とか、この旅館を継いでもらいたくて、何回も札幌まで会いにいったのですが、そこにはいないんですよ。携帯には出るんですけど」

「大学にはいきましたか？」

と、亀井が、きいた。それについては、父親が答えてくれた。

「三回ほどいきましたが、そうしたら、休んでいますといわれました」

「三回とも、最近のことですか？」

「ええ、そうです。ここ十日くらいの間に、交代で、札幌のマンションにも大学にもいってみました」

「携帯には出るんですね？」

「そうです。だからききましたよ。なぜ、マンションにいないんだ、なぜ学校を休んでいるんだ、今、どこにいるんだって、そうきいてみました」

「そうしたら、息子さんは、何と答えたんですか？」

「今、あのマンションにはいたくないし、大学にもいく気がしない。そういうんです」

「なるほど。それで、今、どこにいるのかは、いいましたか？」

「いや、それもいいたくないというんです。それ以上きくと、息子は、電話を切ってしまうんですよ」

と、父親が、いう。

十津川は、自分の携帯を取り出して、関口の携帯にかけてみた。

相変わらず呼んでいるのだが、関口透は電話に出ない。

十津川は電話を切ると、父親に、きいた。

「十日前くらいから、その状態が続いているんですね？」

「そうです」

「十日前からというと、その間、どこかで寝泊まりしているはずですよね。ここはというような、どこか思い当たる場所はありませんか？　例えば、親戚の家とか、親友の家とかですが」

「そうですね、考えられるところは、全部当たってみましたが、わかりません。息子に何かあったんじゃないかと、心配で仕方がないのです」

と、母親が、いう。

「相原さんという、息子さんの友だちには、話をきいてみましたか？」

「ええ。でも、何もわからないといわれて、そのうち、電話が通じなくなってしまいました。息子に、いったい何があったんでしょうか？」

と、母親が、逆に十津川に、きいた。

「私にもわかりませんが、息子さんについて何かわかったら、必ずおしらせします。それは約束します」

と、十津川は、いった。

第六章　事件の新展開

1

十津川は、迷った。

関口透は、行方不明になっているが、犯罪が発生したわけではなかった。

現時点では、単なる失踪である。

両親には、地元警察に捜索願を出すようにすすめたが、それ以上のことはできないだろう。

関口のことを一番よくしると思われる親友の相原信之にしても、ここにきて連絡が取れなくなったと心配していて、それ以上のことはわからない。

したがって、北海道警も、動くわけにはいかないはずだ。

とすれば、警視庁捜査一課としては、どうしたらいいのか？

行方不明の関口透を捜すことに、全力をつくすわけにはいかない。なぜ、行方がわからないのか、その理由がわからないし、果たして、東京の殺人事件解決のための証人かどうかも不明である。

「原点に戻ろう」

と、十津川は、同行している亀井にいった。

「どうするんですか？」

と、亀井が、きく。彼の顔にも、疲労の色が浮かんでいた。肉体的な疲労よりも、精神的なものだった。

「東京に戻る。現在、問題になっているのは、東京で発見された松平かえでが、本物の松平かえでか、それとも、彼女に瓜二つの鎌谷理佐子かということなのだ。そこで、鎌谷理佐子のことをよくしる人間を捜しに、北海道まできたんだが、本人かどうかの確認なら、東京でも可能なんだ。だから、東京に戻って、その確認をやることにする」

「三上本部長に笑われますよ。部長は、被害者は松平かえでに決まっていると、そういっていましたから」

「覚悟はしてるよ」

と、十津川は、いった。

その日のうちに、十津川たちは、東京に戻った。

翌日から、死体が松平かえでかどうかの、確認作業に入った。

鎌谷理佐子については、現在、居所不明なので、松平かえでについての捜査になる。

すでに、彼女の母親の千代や親族によって、死体は荼毘に付されてしまっているが、指紋などは、採取してある。

彼女の死体は、愛車である、白のベンツのスポーツカーの運転席で発見されたので、運転席から指紋を採取し、死体の指紋と照合して、同一のものという結論は出ている。

そこで、今回は、科捜研の協力を得て、彼女が生活していた料亭〈まつだいら〉に残る指紋との照合をすることにした。

前にも、千代のほうから、かえでの部屋で指紋の採取できる物を提出をしてもらったのだが、今回は、こちらから乗りこんでの捜査である。

料亭の離れが、松平かえでの部屋になっていたのだが、今回は、その部屋だけではなく、料亭の事務所でも、彼女が事務を取っていたというので、この部屋からも、指紋を採取した。

料亭〈まつだいら〉は、働き手のかえでを失ってしまったので、十津川が、二度目に訪れた今日は、親戚から住みこみで、助けがきていた。

男二人と、女ひとりである。

十津川は、この三人から〈料亭まつだいら〉入りの真新しい名刺を渡され、挨拶された。

菊地《きくち》貞朗《さだお》（五十六歳）

菊地《きくち》洋《よう》（三十二歳）

村上《むらかみ》麻美《あさみ》（二十六歳）

菊地貞朗は、弁護士の資格を持っていた。千代の話によると、以前から法律の相談をしていたという。

その息子の洋は、大手企業で働いていたが、千代の頼みを受けて退職し、これからは、料亭〈まつだいら〉に住みこんで働くことにしたと、十津川にいった。

「奥さんも一緒ですか？」

十津川が、きくと、洋は笑って、

「そのつもりでしたが、一年前に、わかれました」

と、いった。

女性の村上麻美は、千代から見て、姪に当たるという。何となく、死んだ松平かえでに似た感じの娘だった。

「女優志望で、小さな劇団に入って勉強していたんですけど、才能がなかったみたいで、ここで働くことになって、ほっとしています」

と、いった。

この三人の手前もあってか、千代は、おとなしく十津川に協力していたが、十津川と二人だけになると、

「いつまで、こんなことを続けるのでしょうか？」

と、文句をいった。

「死んでから、本人かどうか疑われるなんて、可哀相じゃありませんか」

「申しわけありません。今回が、最後ですから」

と、十津川は、頭をさげるより仕方がなかった。

料亭の自室や、事務所から集めた指紋は、慎重に照合された。

掌紋もである。

二日後に、科捜研から結果が報告された。


〈指紋も掌紋も一致した〉


それが答えだった。

その結果を受けて、千代は、菩提寺である上野の寺に、かえでの墓石を建てることにした。警察に対する、面当《つらあ》ての感じもなくはなかった。

「特注した墓石で、八百万円はしたといわれています」

と、若い日下刑事が、十津川に報告した。

三上本部長には、

「時間があったら、そのお墓にいってこい」

と、いわれた。

「先日、料亭『まつだいら』の女将さんに会ったら、警察のおかげで、お墓を建てるのが一カ月も遅れてしまったと、文句をいわれたぞ」

「わかりました。お詫びにいってきます」

十津川が、素直にいうと、三上のほうが、慌てた顔で、

「時間があったらでいいんだ」

と、いった。

（別に、部長にいわれたからじゃありませんよ）

と、十津川は、思いながら、亀井を誘って、上野の法泉寺《ほうせんじ》に出かけた。

境内には〈松平家之墓〉と刻まれた大きな墓があり、その並びに、真新しい松平かえでの墓もあった。

そこに立つと、上野の不忍池を見下ろすことができたし、さらに、料亭〈まつだいら〉も遠望できた。

二人は、線香をあげてから、近くのカフェに入った。

「これで、すっきりされましたか？」

と、亀井が、きいた。

「カメさんは、どうなんだ？　被害者が松平かえでと決まって、犯人捜しに全力をつくせる気持ちになったか？」

「すっきりしました。と、いいたいところですが、なぜかすっきりしません」

亀井はいい、砂糖抜きのコーヒーを、口に運んだ。

「しかし、指紋と掌紋は、完全に一致した」

「それだけじゃありません。死体を司法解剖したところ、失踪前に、階段から落ちて、左足の膝に打撲傷を受けた形跡があるという報告を受けていますが、失踪の直前、彼女は、自宅内で膝に打撲傷をこしらえて、親しい医者の診察を受けていて、その診断書も、母親の千代が提出しています」

「それでもなお、カメさんは、すっきりしないのか？」

「警部も、同じ気持ちなんじゃありませんか？」

今度は、亀井が、きく。

「どうにも不思議なんだよ。死体が、松平かえで本人だという証拠が出れば出るほど、逆に、すっきりしなくなるんだ。疑う癖のついた職業病でね」

十津川は、自分で自分を笑ってしまった。

その後も、捜査のために料亭〈まつだいら〉を訪ね、千代に話をきくことになるのだが、そんな時、十津川は突然、厚生労働省の立石《たていし》副大臣に呼ばれた。

名前はしっていたが、いままで会ったことも、話したこともない相手だった。

秘書から電話があったのだが、亀井も呼ばれたというので、二人で厚生労働省の副大臣室を訪ねた。

四十代の若い副大臣である。

「わざわざ、お忙しいところを申しわけない」

と、笑顔でいってから、

「実は、料亭『まつだいら』の女将に頼まれてね」

「あの女将さんが、どんなことを頼んだんですか？」

「あの料亭の、若女将のかえでさんが殺されて、警視庁が捜査している」

「そうです」

「女将さんがいうには、実の娘が殺されたのに、警察は、偽者じゃないかと疑っているとか」

「それなら、もう納得しました。指紋も掌紋も、一致しましたから」

「それは、女将さんもいっていたが、彼女はそれでも、警察は信用してくれないといって、嘆いていたがね」

「そんなことはありません」

「しかし、警察の人の顔には、依然として、疑いの色があって、これでは死んだ娘も浮かばれないというのだ」

立石の言葉で、十津川は思わず、亀井と顔を見合わせた。

やはり、顔に出てしまっているのか。

「それで、女将さんに、何とかしてくれませんかと、頼まれてね」

立石が、いう。

「――」

「じつは、あの料亭を、何回か利用したことがあってね。一番最後に使ったのは、今年の九月二十日だった。久しぶりに、大学の同窓が京都から訪ねてきて、あの料亭で夕食を共にしたんだよ」

「――」

「たまたま、その時、娘のかえでさんが席にやってきてね。私とかえでさんは、大学が同じでね。そんなこともあって、前に食事にいった時、話し合ったことがあったんだ。九月二十日にいった時、かえでさんに、明日の九月二十一日は、先生の誕生日でしょうといわれてね。私は、すっかり忘れていたんだ。かえでさんは、先生のバースディプレゼントを用意しておきましたからといって、これをくれたんだ」

立石は、ポケットからケースに入った万年筆を取り出して、十津川に見せた。

黒のペリカン万年筆だった。

〈祝　お誕生　MR．TATEISHI〉

と、彫ってある。

「今年の九月二十日に、松平かえでさんからいただいたんですね？」

「そうだよ。誕生日の一日前だ。つまり、彼女が失踪したのが十月二日の夕方だったんだろう。その十二日前の九月二十日に、私は、松平かえでさんに料亭で会って、このプレゼントをもらっているんだ。私は、嘘はついていないよ」

「わかります」

「もう一つ、この万年筆は、今日まで使わずにケースに入れて、机の引き出しに入れておいたから、私とかえでさんの指紋は、消えずについていると思うから、調べてほしい」

「わかりました」

と、十津川は、その万年筆を、ケースに入れたまま受け取った。

持ち帰って調べると、確かに、二種類の指紋が採取できた。そして、その指紋は直ちに照合された。

間違いなく、厚生労働副大臣の立石と、松平かえでの指紋だった。正確にいえば、死体で発見され、松平かえでとされた女性の指紋である。

この事実は、捜査会議で報告され、三上本部長を喜ばせた。

「これで、何の疑いもなくなっただろう。九月二十日に、問題の女性は、料亭『まつだいら』の娘として働いていたわけだからね。まだ失踪する前、殺される前だ。指紋も一致した。これ以上の証明はないだろう。それでも、十津川君は、立石副大臣が嘘をついたとでも、いうのかね？」

「いや、そんなことは、まったく考えておりません」

と、十津川は、いった。

突然、立石厚生労働副大臣が出てきたので、驚くと同時に、十津川は、この副大臣のことを調べていた。

特に、料亭〈まつだいら〉との関係をである。

松平かえでと、東京の同じ大学を出ている。それが唯一の繋がりであることも、わかっていたのだ。

したがって、立石が、嘘の証言をするはずはない、ということもである。

「了解したら、立石さんと、料亭『まつだいら』の女将さんにも連絡しておけ。心配しているから」

と、三上が、いった。

十津川は、すぐ二人に電話した。

立石副大臣のほうは、あっさり、

「それはよかった」

と、いった。

千代のほうは、

「よかった。これでほっとして、娘の墓参りができます」

と、いった。

十津川は、部下の刑事たちに、いった。

「これからは、何の疑いも持たずに、犯人逮捕に全力をつくしてくれ」

料亭〈まつだいら〉の娘、松平かえで殺人事件の捜査である。

2

改めて、千代から提供された、松平かえでの大きな写真が、捜査本部に貼り出された。

松平かえでは、どんな女性だったのか。

独身だったが、つき合っていた男はいなかったのか。

学生時代と若女将時代とをわけて捜査し、それぞれの時代に、敵はいなかったのか。

料亭〈まつだいら〉に、問題はなかったのか。

派手な性格、それに、有名料亭のひとり娘ということで、それぞれの時代に敵がいたことがわかった。

年末近くになって、今回の事件に絡んで、十津川に電話をくれた〈六本木ショット〉のオーナー、小坂井が殺された。

しかも、函館発の「スーパー北斗」の車内で殺されたのである。

十二月二十一日、函館発一八時四九分の札幌行の「スーパー北斗21号」だった。
この日、北海道は雪だった。
道内のスキー場の多くがオープンしていた。
それでもウィークデイと、最終前の列車ということで、車内は空いていた。
「スーパー北斗21号」は、七両編成である。
1、2、4、5号車が指定席で3号車がグリーン車。札幌行は、7号車が先頭車両になる。
小坂井は、グリーン車に乗っていた。

函館	一八時四九分
五稜郭	一八時五四分
新函館北斗	一九時一〇分
大沼公園	←
森	一九時三六分
八雲	一九時五六分
長万部	二〇時一六分

洞爺　二〇時四三分
伊達紋別　二〇時五三分
室蘭　↓
東室蘭　二一時〇九分
登別　二一時一〇分
白老　二一時三三分
苫小牧　二一時四六分
沼ノ端　↓
南千歳　二二時〇三分
千歳　↓
新札幌　二二時二四分
札幌　二二時三三分

これが「スーパー北斗21号」の時刻表である。
グリーン車は、五〇パーセントほどのこみ具合だった。

終点の札幌には、定刻の二二時三三分（午後一〇時三十三分）に到着した。

札幌駅の4番線ホームである。

乗客が、次々に降りていく。が、グリーン車の中央あたりに、いつまでも男の乗客が残っていることに、車掌の青山《あおやま》が気づいた。

居眠りかと思い、近づいて、

「終点の札幌ですよ」

と、声をかけたが動かない。そこで、もう一度、

「終点の札幌ですよ」

と、今度は、肩を叩く。

とたんに、窓際の席の男の体が、ゆっくりと前に倒れたのだ。

車掌の青山は、びっくりしたが、すぐにホームの事務所に駆けこみ、警察と消防に通報した。

警察と救急隊がやってきて、男をみていた、救急隊員が死亡と判断した。

新函館北斗から乗った乗客だった。

小さなボストンバッグを持っていた五十代の男だった。

終点札幌行の切符を持ち、

六本木ショット社長　小坂井勉《つとむ》

の身分証と、同じ名前の運転免許証を持っていた。

死体は、大学病院に送られ、司法解剖がおこなわれた。

その結果、青酸中毒死と断定され、胃のなかからビールの残りも検出された。

青酸が混入された、ビールを飲んでの青酸死である。

道警捜査一課は、殺人事件と断定して、札幌署に捜査本部を設置して、ただちに捜査に入った。

十津川は、東京の事件と関連があると考え、すぐ亀井とともに札幌に飛んだ。

事件の担当は、道警捜査一課の木之内警部である。

木之内は、十津川を歓迎した。

「被害者の小坂井勉が、東京六本木の人間なので、東京と北海道にまたがる事件ではないかと疑っていたのですが、これで、その考えに自信を持つことができました」

と、木之内は、いった。

十津川は、今、東京で起きている事件を説明した。

「奇妙な事件で、被害者の断定に時間を費やしました。現在、被害者は、上野の料亭『まつだいら』のひとり娘、松平かえでということになっていますが、北海道の鎌谷理佐子という女性だという声もあって、今回殺された小坂井勉も、そう主張するひとりでした」

「しかし、現在のところ、被害者は、松平かえでと断定されたわけなんでしょう?」

「そうです」

「それなら、小坂井勉の主張は、負けたことになりますね?」

「形としては、そうなります」

「つまり、敗者が今回、殺されたことになるわけですね」

「そう考えられます」

「なぜ、敗者が殺されたのか」

このあと、捜査本部で、北海道の事件を木之内が説明してくれた。

「被害者、小坂井勉は、新函館北斗から札幌までのグリーン車の切符を、持っていました。たぶん、東京から北海道新幹線に乗ってきて、終点の新函館北斗で降り、そこから札幌までの『スーパー北斗21号』に乗ったと思われるのです」

木之内は、北海道の地図を前に置いて、話した。

「『スーパー北斗』の始発駅は、新函館北斗ではなく、その手前の函館ですね」

「そうです。一方、東京発の北海道新幹線は、函館ではなく、新函館北斗行ですから、被害者は、事件当日に北海道新幹線でやってきて、新函館北斗で『スーパー北斗21号』に乗り換えたと思われるのです」

「札幌行の切符を持っていたのは、間違いないんですか？」

「間違いありません。確認しています」

「つまり、目的地は札幌ですか？」

「そう考えています」

「札幌で、誰かに会うつもりだったんでしょうか？」

「道警としては、その線を、まず第一に考えました」

「札幌のN大学には、小坂井勉のしりあいの大学四年生が、二人います。関口透と相原信之で、関口透のほうは、現在、行方不明です」

と、十津川が、いった。

「行方不明というのは、何かの事件に絡んでということですか？」

木之内が、きく。

「それは、まだ不明です」

と、十津川は、正直にいった。

そのあと、木之内が、細かい捜査状況を説明した。

「被害者、小坂井勉は『スーパー北斗21号』のグリーン車のなかで、何者かに青酸が混入されたビールを飲まされたと考えています。胃のなかに残っていたビールの成分から、新函館北斗駅で売られているA社の缶ビールだと、われわれは断定しました。問題のグリーン車の車内で、A社の缶ビールの空き缶が発見され、そこに青酸の入ったビールが残っていたのです」

「犯人が、それをグリーン車のなかで、被害者に飲ませたということですね？」

「そうです」

「被害者は、まったく警戒していなかったことになりますか？」

「そう思います。グリーン車のなかで、何か揉め事があったという報告は、あがってきていませんから」

「すこしばかり、おかしいですね。小坂井は、誰かに会うために、東京から北海道新幹線と『スーパー北斗』を乗り継いで、札幌にいこうとしていたわけでしょう？　それなのに、途中で缶ビールをすすめられて、警戒もせずに飲んでしまう。何とも不用心な感じがしますね」

と、十津川は、いった。

「それを考えると、犯人は、顔見知りということになってきます」

と、木之内が、いった。

「それでも、どこかおかしいですね」

と、十津川がいうと、傍らから、亀井が、

「東京から札幌にいくのに、北海道新幹線と『スーパー北斗』を乗り継ぐというのは、どこか不自然ですね。私なら、飛行機を使います。早いし、乗り換えの必要もありませんからね」

と、いった。

「被害者が、極端な飛行機嫌いということはありませんかね？」

と、木之内。

十津川が、笑って、

「小坂井勉が飛行機嫌いだという話は、きいていませんよ」

と、いった。

「しかし、被害者は飛行機を使わず、北海道新幹線と『スーパー北斗』で札幌へいこうとしていたんですよ」

少しばかり怒ったような口調で、木之内が、いった。

短い沈黙があった。

「札幌は、目的地じゃなかったのかもしれませんね」

と、十津川はいうが、すぐに、木之内が反対した。

「被害者は、札幌までの切符を買っているんです」

「しかし、殺されたのは札幌ではなく、途中のグリーン車内ですよ」

「その点は、こう考えています。被害者は、札幌にいる誰かに会いにいこうとした。一方で、二人を会わせたくない人間がいて、途中で、被害者に青酸入りのビールを飲ませて殺したのだと」

と、木之内が、いった。

「ほかには考えようがありませんか。今の木之内さんの説明でも、札幌へ飛行機を使わなかった不自然さが残ります」

十津川が、粘る。

また、短い沈黙。今度、助け舟を出したのは、道警の若い刑事だった。

「被害者は、札幌にいくのが目的じゃなくて『スーパー北斗21号』のグリーン車に乗ることが目的だったんじゃないでしょうか？」

若い刑事は、遠慮がちにいった。

「それが、目的？」

と、十津川が、きく。

「そうです。被害者は至急、北海道の人間に会いたくなって、電話をする。相手は、スケジュールがはっきりしないので『スーパー北斗21号』に乗ってくれれば、その車内で会えると答え、被害者も納得して、北海道に向かったんだと思うのです。しかし『スーパー北斗』は七両編成だから、何号車かを決めておかないと探すのが大変だからというので、一両しかないグリーン車に決めたんだと思います」

「しかし、終点の札幌までの切符を買っているが」

「それは、相手がどこから乗れるかわからないので、一応、終点まで乗ってくれといわれていたんだと思います。ですから、犯人は——」

「その先は、私が説明する」

と、木之内が、引き取った。

「だから、グリーン車に乗ってきたのは、被害者が会いたかった人間なんだ。だから、何の警戒もせず、被害者は、すすめられるままに、青酸入りのビールを飲んでしまったんだ。これなら不自然じゃない。納得できる」

十津川も、納得した。

犯人は、途中のどこかで、グリーン車に乗ってきた。

被害者は、その人間に会いたくて、北海道へきて「スーパー北斗21号」のグリーン車に乗ったのだから、笑顔で迎えた。

犯人も笑顔で、

「よかったら」

と、用意してきた、青酸入りの缶ビールをすすめる。

東京からやってきて、喉が渇いていたであろう被害者は、すすめられるままに缶ビールを流しこんだ。

そして、死亡。

犯人は札幌までいかず、途中のどこかで「スーパー北斗21号」から降りて、姿を消した。

木之内たちは、犯人捜しを始めた。

事件の日の「スーパー北斗21号」に乗務していた車掌に、話をきく。

メディアを使って、問題のグリーン車に乗っていた乗客に呼びかける。

途中駅の駅員にも、怪しい人間が「スーパー北斗21号」から降りてこなかったかをきく。

十津川たちも協力して、聞き込みに動いた。

だが、十津川が主として当たったのは、東京の事件の関係者だった。

隻腕の大学生、相原信之。

問題の鎌谷理佐子を、よくしっているという関口透と、その両親。

しかし、一番会いたかった関口は、依然として行方不明のままだった。

3

十津川は、関口の友人、相原信之に会ってみた。

連絡を取ると、札幌駅近くのカフェで会おうという。

十津川が、約束の時間にその店に着くと、店の奥に置かれたグランドピアノに向かって、十代の女がクラシックの曲を弾いていた。

小さな店には場違いなピアノだが、誰でも自由に弾くことができるのだという。

十津川が、トイレから出てくると、相原が、そのピアノに向かって腰をおろし、片手で弾いていた。

十津川を見ても、ピアノから離れようとしないので、勝手にきいてみた。

「関口透さんが行方不明だが、彼について、何かしりませんか?」

十津川が質問すると、相原はそれに答える代わりに、激しく鍵盤を叩き始めた。

片手だけに、なおさら激しくきこえてくる。

十津川は、さらに、

「『六本木ショット』の小坂井オーナーが、先日『スーパー北斗』の車内で殺されましたが、この件で、何かしっていますか?」

と、きいた。

すると、相原の鍵盤を叩く勢いと音は、さらに強く、大きくなった。

いくら待っても、ピアノを弾く手を止めようとしないので、メモ用紙に、

〈話す気になったら、連絡ください。十津川〉

と、書き、自分の携帯電話の番号を書き加えて、それを小さく畳んで、ピアノを弾き続けている相原の上着のポケットに突っこんで、その店を出た。そのあと、もう一度、N大に戻り、相原の友だちたちに、最近の様子をきいてみた。

「時々、狂気を感じて怖い」

と、ひとりが、いった。

「何かおかしいんだが、質問すると、何も答えずにピアノを激しく叩く。それが何なのかが、わからない」

「関口のことを、何かしっているらしいのだが、それについてきくと、ピアノに逃げてしまう」

「彼は時々、駅前のカフェでピアノを弾いているが、いつも同じ曲だ。いつだったか、彼が作曲して発表した曲で、題名は『血の秘密』だったと思う」

「駅前のカフェで、ピアノばかり弾いている」

「ちょっと心配だ」

そんな様子しかきけなかった。

十津川は、東京に戻った。

相原のことが心配になり、関口の消息もききたくて、携帯にかけてみるのだが、相原が電話に出る気配はなかった。

北海道警の木之内警部とは、毎日連絡を取り合っていたが、向こうも捜査に進展が見られないようだった。その間に、十津川は亀井と、料亭〈まつだいら〉にいき、昼食、あるいは夕食を取りにいってみた。

そのあとの様子をききたかったし、新しく千代の家族に加わった、三人のその後もしりたかったからである。食事のあと、十津川は、店のなかのカフェに、千代を含めた三人に集まってもらって、話をきいた。

若い菊地洋と村上麻美の二人は、仕事が忙しいとかで顔を見せないことが多かったが、弁護士資格を持つ菊地貞朗は、千代と一緒に顔を出した。

「みんなよく働いてくれて、助かります」

千代が、笑顔で、いう。

「若い二人は、この家のどこに住んでいるのですか?」

と、十津川は、きいてみた。

「部屋を改装して二つにわけ、そこに住んでもらっています」

千代はいった。

「駐車場に、スポーツタイプの新車がありましたが、かえでさんのベンツじゃありませんね」

「かえでが死んだ時に乗っていた車に、二人を乗せるわけにもいかないので、新車を買いました」

と、千代が、いう。

「外車ですね」

「ええ。ベンツが新しく出したスポーツタイプです」

「菊地先生の車はないんですか？」

と、十津川は、菊地本人に、きいてみた。菊地は、笑って、

「私は、千代さんの車を借してもらっています」

「弁護士の仕事の時もですか？」

「その時は、先生を乗せて、私が運転しますよ」

と、千代が、いった。

これといった新しい情報はえられなかった。そのあと、十津川は、料亭〈まつだいら〉の取引銀行の支店長に会って、最近の料亭の経営状態について、きいてみた。

「以前と同じく、うまくいっているようですよ。うちから借金することもありま

せんしね」

と、支店長は、いった。

「万事順調ですか？」

「ええ。ただ――」

「ただ、何です？」

「うちに信託部があるんですが、そこで、女将さんの遺言書を作成しました」

と、支店長が、いった。

「今まで、作っていなかったんですか？」

「どうも、そのようです。娘さんが突然亡くなって、女将さんも、身辺をきちんとしておきたくなったんじゃありませんか」

「それは、千代さん自身が、いったんですか？」

と、十津川が、きいた。

「今度、家族が増えたでしょう。そのなかに弁護士さんがいて、その方にすすめられたそうです」

「古い料亭だし、手堅い経営のようだから、千代さんの遺産は、かなりの額でしょうね？」

これは、亀井が、きいた。

「うちの信託部にきいたところでは、書類は全部で十五冊になったそうです」

「つまり、土地や預金や株など、十五種類の遺産があるということですね」

「そうなりますね」

「亡くなった松平かえでさん名義の財産も、あったわけでしょう？　それは、千代さんの名義に書き換えられたんですかね？」

十津川が、きいた。

「詳しいことはわかりませんが」

と、支店長は、断ってから、

「全部を千代さん名義にしては、万一の時に莫大な税金がかかってしまうので、今回、家族になった三人の名義にしたものもあるようです」

「それは、菊地弁護士のサジェスチョンですか？」

と、十津川が、きくと、

「かもしれません。千代さんは、菊地先生をかなり、信頼されているようですから」

「細かい数字は、教えてくださらなくても結構ですが、あの料亭の全財産は、どのくらいあるんですか？」

と、亀井が、きいた。

「そうですね。不忍池にある料亭だけでも、十数億円でしょう。あのあたりの土地は、坪百七十万円くらいで、六百坪はありますから」

と、支店長が、いった。

十津川は、千代が、菊地洋と村上麻美の二人のために買い与えた、ベンツの新しいスポーツタイプの新車が、二千五百万円するときいた。

（今回の事件に対する見方を、少し変える必要がありそうだ）

と、十津川は、思った。

捜査の初めは、殺された松平かえでが、本人かどうかの問題に振り回された。その問題に決着がついて、事件を見返すと、莫大な財産問題があったことに気がついたのである。

十津川は改めて、千代ひとりを呼んで、新しく出てきた問題についてきいた。

「女将さんは、銀行の信託部に依頼して、遺言書を作ったそうですね？」

「はい。私も年齢ですから、生まれて初めて、遺言書を作りました。これでほっとしました」

「以前から、遺言書を作るつもりだったんですか？」

「ええ、いつか作っておかなければと、思っていました」

「それは、かえでさんがいらっしゃる頃からですか？」

「はい」

「その頃は、女将さんが亡くなったら、すべての遺産は、かえでさんにいくことになっていたわけですね？」

「はい」

「今は、どうなっているんですか？　三人の親戚が新しい家族になったわけでしょう？」

「親戚のなかで、一番信頼できる三人に、きてもらいました」

「女将さんが亡くなると、その三人が、遺産を相続することにしたんですか？」

「ええ、そうです。そういう遺言書を作ってもらいました」

と、千代が、微笑した。嬉しそうだった。

「それは、三人を信用しているということですね？」

と、十津川が、きいた。

「そうですよ。ほかにも親戚はいるんですが、本当に信用できるのは、あの三人だけですから」

「もし、かえでさんが生きていたら、三人を家に入れましたか？」

「わかりませんが、かえでが、お婿さんをもらってくれれば、一番嬉しかったんですけどね」

と、千代が、いう。

「菊地洋さんは、三十二歳で独身ですよね？」

「そうですね」

「亡くなったかえでさんと、一緒になってくれればいいと、思ったこともあったんじゃありませんか？」

十津川がきくと、千代は、ちょっと考えてから、

「そうですねえ」

と、いった。

4

十津川は、菊地貞朗という五十六歳の弁護士について、調べてみることにした。

菊地は、東京弁護士会に所属していた。上野に法律事務所を設けていたが、今回、料亭〈まつだいら〉に入ることになって、事務所は閉めている。

改めて、弁護士としての評判を調べてみた。

菊地をしる法曹会の人物は、

「やり手というわけじゃありませんが、こつこつ仕事をするタイプで、依頼者からの信頼はありましたよ」

という答えだった。

「こつこつやるタイプですか。地味なタイプということですね？」

「弁護士の仕事は、ある意味、戦いですから、時には、はったりも必要です」

と、弁護士の世界をよくしっている人は、十津川に、いった。

「小さな仕事はくるが、大きな事件の弁護依頼はこない？」

「ええ、はっきりいえば、そういうことです」

「つまり、あまり儲からない？」

「そうですね」

「弁護士さんのなかには、むしろ、そうした地味な仕事に生き甲斐を感じる人もいると思うのですが、菊地さんは、どんなタイプでしたか？」

「小さな仕事しかこないことに、不満を持っていましたね。どちらかといえば、自己顕示欲が強い人だから」

「最近、菊地さんに会っていますか？」

「二日前に偶然、浅草で会いましたよ。元気でしたね」

「どんなことを話しました？」

「現状に満足しているようでしたね。資産家の顧問弁護士にでもなったんじゃないですかね」

と、相手は、笑った。

こうなると、十津川は次に、菊地弁護士の息子、菊地洋のことも調べたくなった。彼が働いていたというR商事にいき、評判をきいた。

大企業である。

その第三営業課で、彼は主任だった。国立大の経済学部出身である。

「真面目な社員でしたよ」

と、課長が、いった。

「彼女は、いましたか？」

「離婚しましたが、彼女はいなかったと思いますよ」

「三十二歳の若さなのにですか？」

十津川がきくと、課長は笑って、

「好きな、というのか、狙っていた女性がいたみたいで」

と、いった。

その女性は「松平かえで」だったのではないのか？

こうした情報は、正直にいって、十津川を迷わせ、捜査方針を混乱させた。

被害者、松平かえでが、本物かどうかという一時的な混乱と、料亭〈まつだいら〉の新しい家族構成が、まったく違ったストーリーに思えるからである。

しかし、冷静に考えてみると、新しい家族構成は、松平かえでが殺された結果、生まれたものなのだ。

こう考えると、松平かえでの本物騒動も、一連の事件と一つではなかったのかという疑いがわいてくる。

捜査会議で、亀井が、十津川にきいた。

「菊地父子と、村上麻美の三人は、料亭『まつだいら』に乗りこんできたと考えたらいいんでしょうか。それとも、娘の死で心細くなった女将の千代が、三人にきてもらったと考えたらいいんでしょうか？」

「それは、どちらとも考えられるよ。ただ、千代は、取引銀行の信託部に頼んで、遺言書を作成し、自分が亡くなったあとの遺産の受取人として、三人を指名している」

「それは、千代がすすんで、遺言書を作成したんですか？　それとも、三人の要求ですか？」

北条早苗刑事が、質問した。

「それもはっきりしないが、遺言書の作成には、弁護士資格を持つ菊地貞朗が立ち会っている。これは間違いない」

「こうした一連の動きに、犯罪の匂いはありませんか？」

と、日下刑事が、きいた。

「それは、松平かえで殺しに、三人が関係しているんじゃないかという疑問か？」

逆に、十津川が、きいた。

「そうです。今のところ、松平かえで殺しに三人が関係しているという証拠は、ありません。動機が見つからない。ところが、こうなってくると、急に動機が浮かびあがってくるような気がするんです。娘の松平かえでが死ねば、孤独になった千代が、自分たちを家に入れるだろう。莫大な遺産の相続人にもなれる。そこまで読んで、松平かえでを殺したのかもしれませんから」

と、日下が、いった。

次の捜査会議で、十津川は、もう一つの問題を口にした。

「現在、料亭『まつだいら』の新しい家族構成や、莫大な遺産問題と、松平かえでの殺人事件との関係を調べています。したがって、松平かえでの本物、偽者論争は、終わったと思っていたのですが、遠い北海道では、なぜか、まだ続いているのです。東京で死体になって発見された松平かえでは、鎌谷理佐子という女だと、二回にわたって警察に投書したと思われる札幌の大学生、関口透は、現在、行方不明になっていますし、彼と親しく、鎌谷理佐子とも会ったことがあるという『六本木ショット』のオーナー、小坂井勉は、函館・札幌間を走る特急『スーパー北斗21号』のグリーン車の車内で、何者かに毒殺されているのです。これを見ると、松平かえでの本物、偽者問題は、終了していないと考えざるを得ないのです」

この十津川の問題提起に対して、三上本部長が、眉を寄せて、

「しかし、殺された松平かえでは、本物だということで、決着したんじゃないのか？」

と、十津川を、睨んだ。

「指紋、掌紋の照合、また、立石厚生労働副大臣の証言などから、被害者は松平かえでに間違いないと、断定されました」

「それなら、何の問題もないだろう」

「しかし、関口透の失踪と、小坂井勉の列車内での毒殺は、どうしても無視できないのです」

「その二人が、松平かえで殺しの容疑者というわけじゃないんだろう？」

「今のところ、容疑はかかっていません」

「それに、うちと道警との合同捜査になっているのは、たまたま『スーパー北斗21号』のグリーン車で殺された小坂井勉が東京の人間で、六本木の小劇場のオーナーだったからにすぎないんだろう？」

「そうです」

「それなら、君が悩むことは何もないだろう。この二つの事件は、明らかにまったく別の事件だよ」

と、三上は、断定した。

第七章　捜査への疑問

1

十津川が、亀井に、いった。

「ここにきて、少しばかり、今回の事件全体が奇妙に見えてきたんだ」

「それは、どういうことですか？」

「厚生労働副大臣の立石まで使って、殺された女性が、松平かえで本人だと証明をしてみせた。何も、そこまでやらなくても、われわれは指紋などから、殺された女性が、松平かえでだと判断して捜査していたのに、なぜ、そこまでこだわるのか、それが不思議なんだよ」

「しかし、われわれは、初めに疑問を持ちましたし、偽者だという投書もありましたから、母親の松平千代にしてみれば、意地になって、殺されたのが、娘の松平かえでだということを証明しようとしたんでしょう。その気持ち、わからなくはありませんが」

と、亀井が、いった。

「君はどうだ？」

と、十津川は、北条早苗を見た。

「女性刑事としての、君の意見もききたい」

「私は、別に女性として、今回の事件を見てはいません」

と、早苗は、断ってから、

「私も、亀井刑事と同じで、千代は意地になっていると思います。われわれが、問題の投書をもらってから、死んだ女性は松平かえでだと思いながらも、一応調べ直しましたから、それに対する怒りではないかと、思っています」

と、いった。

「では、これが当然のことだとして考えてみよう。疑われた千代がむきになって、被害者は自分の娘であることを証明しようとして、厚生労働省の立石副大臣まで持ち出してきた。そう考えてみる。これで、完全にわれわれは、被害者がかえで本人だと断定して捜査を再開した。そこまではいいんだが、その直後に、北海道で小坂井勉という男が『スーパー北斗21号』の車内で、殺されてしまった。君たちもしっているように、小坂井勉は、六本木で『六本木ショット』という小さな劇場をやっていて、彼もまた、殺された女性が松平かえでではなく、彼やN大の学生、関口透と同じく、自分たちのしっている、鎌谷理佐子ではないかと思っている人間のひとりなんだ。その人間が、突然殺された。そのことが、なぜか奇妙な気がするんだ。一方で、東京で殺された女性が、松平かえでであることを一生懸命に証明する人間がいるかと思えば、彼女は、鎌谷理佐子という、別の女性だという人間がいて、そのひとりが、突然殺されてしまった。そのうえ、もうひとりの反対派の人間、関口透は、依然として行方不明になったままだ。これは、偶然だろうが、そこが、私にはわからなくなってきているんだ」

と、十津川は、いった。

「小坂井勉の死は、偶然の一致とは思えませんか？」

亀井が、きいた。

「もちろん、偶然かもしれない。しかしね、どうしても気になってしまうんだよ。片方で一生懸命になって、東京で殺された若い女性は、料亭『まつだいら』

の娘、松平かえでだと証明しようとしている人間たちがいる。一方、偽者だと主張していた北海道の学生と、その知り合いの六本木で劇場をやっている男がいる。そのうちのひとりが、同じ時期に殺され、もうひとりが、行方不明になってしまっている。それを無視して捜査するのが、何となく不安なんだ」

それは、十津川の、正直な気持ちだった。

「しかし、三上本部長は、北海道で起きた事件なんかには関わらずに、一刻も早く、こっちの事件を解決しろと、はっぱをかけてきますよ」

亀井が、脅かすように、いった。十津川は、苦笑した。

「もうすでにかけられているよ。『いつまでもたもたしているんだ』と怒られたからね。部長がいうには、被害者の松平かえでは、大事な人に会うといって出かけていき、そのままいなくなってしまい、そして殺された。とすれば、彼女の男性関係が、事件の原因になっているに決まっているじゃないか。彼女は美人で独身だった。男性関係がたくさんあったとしても、おかしくはない。それを、ひとつひとつ洗っていけば、必ず犯人に突き当たる。その線でやれといわれたよ」

「それで、警部はどうするおつもりなんですか？　今までどおり、被害者の男性関係を洗っていきますか？」

亀井が、きいた。

「しかし、今もいったように、どうにもこの事件は、気になることがあまりにも多すぎるんだよ」

「それじゃあ、この際、三上本部長の命令を無視して、奇妙な理由をみんなで考えてみますか？」

「そうしたいが、そんなことを本部長が許すはずがない」

「でも、警部は、今までどおり、被害者の男性関係を追いかけていくような捜査は間違っていると、そう思っているんでしょう？」

と、早苗が、いった。

「間違っているかどうかはわからないが、しかし、何度でもいうが、ひょっとすると、被害者の男性関係を洗っていく捜査は、犯人の罠にかかってしまうんじゃないか。そんな不安を感じているんだ」

「じゃあ、どうしますか？」

「もちろん、被害者の男性関係の線も、今までどおり洗っていく。その先に、犯人がいるかもしれないからね。ただ、奇妙な思いも捨て切れない。そこで、私と亀井刑事の二人で、奇妙に感じる正体を、突きつめてみたいと思っているんだよ」

と、十津川は、いった。

捜査は、直ちに再開された。十津川班のほぼ全員が、三上本部長の指示にしたがって、松平かえでの男性関係を洗うことになったのである。

その一方、十津川は、亀井と二人で捜査本部にこもっていた。こもりながら部下の刑事たちに指示を与える。表面的にはそういう形を取っていたが、二人は、まったく違うことを考えていた。

十津川が考えていたのは、現在の捜査方法とはまったく逆な、

「殺された女性は松平かえでではなく、偽者の鎌谷理佐子である」

ということである。

その立場に立って、今回の事件の見直しである。もちろん、三上本部長には内緒だった。

捜査といっても、まず、

「殺されたのは偽者だった」

これが、前提である。その前提にしたがって、次の考えを進めていく。

「母親の松平千代もそのことをしっていた」

これが、第二の前提になる。そして、

「松平千代とその周辺の人間は、警察を騙す芝居をしている」

これが、第三の前提になる。こうした三条件を前提として、十津川と亀井は、今回の事件を見直すことにしたのである。

「死んだのは松平かえでではなくて、偽者だとする。それを、母親の千代がしっていたとすれば、彼女の証言も信用できなくなりますね。たしか、娘は電話を受けて『大事な人に会ってくる』といって、白いベンツのオープンカーに乗って、夕方その人に会いにいった。そして、そのまま失踪してしまった。千代は、そう証言していましたが、これも嘘だということになってくるんじゃありませんか」

と、亀井が、いう。

「たしかにそのとおりだよ。すべてが、怪しくなってくるんだ」

「なかなか戻ってこないので、千代は心配になって警察に捜索願を出しました。ということは、あれも、芝居だったということになりますね」

「もちろん、そうだ。たぶんかえでは、どこかに監禁されていたのか、あるいは、もっと飛躍して考えれば、その時に偽者が擦り替わっていたのかもしれない」

「そうなると、母親の千代が犯人である可能性も出てきますよ。犯人でなければ、別に嘘をつく必要が、ないわけですから」

と、亀井が、いった。

「千代が、殺されたのは娘ではないことをしっていたとすると、被害者は、例の鎌谷理佐子ということになってきますか?」

と、亀井が、さらにきく。

「かえで自身が大変な美人で、ただの美人ではなく、気品のある美人だった。そうした女性が、同年齢で、しかも体形まで似ている。そんな女性が、そうたくさんいるとは思えない。とすれば、どうしても、鎌谷理佐子ということになってくる」

「とすると、どこかでこの二人が擦り替わっていた。つまり、そういうことになってきますね」

「千代の証言によれば、かえでは、行方がわからなくなってから、何日か時間が経っている。その間に、擦り替わったのかもしれないし、それ以前から、擦り替わっていたのかもしれない。今のところ、その時期も、理由もわからない。だから、私としては、まず、擦り替わっていたこと、それを母親の千代も、周りの人間もしっていたこととして考えてみたいんだ。被害者が偽者だと、主張していた三人の人間がいる。N大学の学生の関口透、その同級生の相原信之、そして、今回殺された『六本木ショット』の小坂井勉だ。今まで彼らの話を信用していなかったが、これからは、信用して話をきく必要がある」

「三人のうちのひとり、小坂井勉は殺されてしまいましたし、関口透は行方不明です。今会えるのは、N大の同窓生の相原信之だけですね」

「ぜひ、その相原信之に会って、彼らのいう鎌谷理佐子が、どんな女性だったのかをきいてみたい」

と、十津川が、いった。

「しかし、三上本部長に黙って札幌にいくわけには、いきませんよ」

「もちろん、本部長には、しっかりと札幌にいくことを伝えてから、カメさんといくつもりだ」

と、十津川は、いった。

2

翌日、十津川は、三上本部長に北海道行を申し出た。

「殺された松平かえでは、若くて独身でしたから、旅行を楽しんでいたんじゃないのか。その旅行先のアバンチュールが、今回の事件に関係があるんじゃないのか。そう思ったので、一応、各県警に、協力を要請しておいたのですが、今日、道警から電話がありまして、函館のホテルに何回か、かえでが泊まったことがある。どうやらその時に、函館在住の音楽家と、何かあったのではないか。そうした連絡がありましたので、これからぜひとも函館までいって、その話を、よくきいてこようと思っています」

この十津川の説明に、三上本部長は、簡単にOKをくれた。

そこで、ただちに十津川は、亀井と二人で、空路札幌に飛んだ。

十津川が、三上本部長に話したことは、もちろん嘘である。それでも、一応、札幌で北海道警に挨拶してから、十津川が会いに出かけたのは、N大の学生の相原信之だった。

来年には、卒業だが、依然として親友の関口透は行方不明で、そのうえ〈六本木ショット〉の小坂井勉が亡くなってしまったので、すっかり疲れ切った顔をしていた。

十津川が、

「君に用があって、ここまでやってきた。今回の事件について、いろいろと君の話がききたい」

と、いっても、最初は、

「話すことは、何もありませんよ」

と、相原信之は、そっけなかった。これまで、彼らの主張を取りあげようとしなかったのだから、当然かもしれない。

そこで、十津川は正直に、自分がここにきた理由を打ち明けた。

「実は、東京で殺された松平かえでだが、捜査を進めていくにつれて、ひょっとすると、あれは偽者、別人なのではないかと考えるようになったんだ。そうなると、君たちがいっていたように、あれは松平かえでではなくて、鎌谷理佐子なのではないかと、そう考えるようになった。そこで、とにかく君に会って、もう一度、話をきこうと思ってやってきたんだ」

十津川が、そこまでいうと、相原の顔に、ようやく微笑が浮かんだ。

「警察も、やっと、偽者だと考えるようになったんですね」

「もちろん、警察のなかにも依然として、あれは料亭『まつだいら』の娘、松平かえでだと考えて捜査を続けている者もいる。しかし、私は、それでは捜査が壁にぶつかってしまうと考えている。だから、偽者なのではないか、さらにいえば、母親の松平千代も偽者だということをしっているんじゃないか、そんな疑いも持つようになったんだ」

「あれは間違いなく、松平かえでではなくて、私たちがしっている、何回か会ったことのある鎌谷理佐子ですよ」

「それで、君にききたいんだが、札幌行の『スーパー北斗21号』の車内で殺された『六本木ショット』のオーナーの小坂井勉は、ひょっとすると、君に会いにきていたんじゃないのか？」

と、十津川が、きいた。

「そうです。私と、関口透の二人に会いたいといって、やってきたんです。しかし、関口は依然として行方不明ですから、私が会うことになりました。ただ、小坂井さんは、とても怯えていましたね。私に直接会いにくると、殺される心配がある。そこで、列車のなかで会うことにしたい。それも『スーパー北斗』のグリーン車のなかなら、ほかにも乗客がいるだろうから、殺されることはないだろうと、そういったんですよ。そこで、あの日、札幌着二二時三三分の『スーパー北斗21号』のグリーン車で会うことになったんです。最初、私は、札幌の一つ手前の駅で乗りこんで小坂井さんを迎えるつもりだったのですが、時間の都合がつかなくて、終点の札幌駅のホームに迎えにいきました。そうしたら、グリーン車の車内で、乗客のひとりが死んでいると大騒ぎになっていて、それが小坂井さんだとわかり、私は、慌てて逃げました。小坂井さんは、私に会うためにきたんですから、私が疑われるに決まっています。だから、逃げました」

「それで、小坂井さんが、あなたに何を話しにきたのか、想像がつきますか？」

「それがわからないので、困っているのです」

「しかし、電話で打ち合わせをしたわけでしょう？　あの日の『スーパー北斗21号』に乗って、グリーン車で会うことになっていたのなら、打ち合わせをしたんじゃないんですか？」

「そのとおりです」

「その時に、何の用でくるのかを、きかなかったんですか？」

「ききましたよ。しかし、小坂井さんは、直接会って話をしたい、電話では話しにくい、そういっていました。明らかに怯えていましたよ。だから、今もいったように、私の家か、学校に訪ねてくるんじゃなくて『スーパー北斗21号』のグリーン車のなかで、会うことにしたんです」

「それでは、あなたたちのしっている、鎌谷理佐子という女性について教えてほしい。最初に会ったのはどこか、彼女とどんなふうにつき合っていたのかを、詳しく教えてほしいんですよ」

と、十津川は、いった。

「最初に彼女に会ったのは、関口なんですよ。洞爺から、学校のある札幌まで通う『スーパー北斗1号』のなかで出会ったといっていました。それで週に一度、札幌行の『スーパー北斗1号』で出会うようになりましたが、すごい美人なので気になって、一種のストーカーのような行動を取ったこともあったそうです。私は片腕が不自由ですが、ピアニストになりたくて独学でピアノを習い、その後、東京の『六本木ショット』という小さな劇場で、何度かピアノを弾かせてもらっていました。その時に、関口が話していた鎌谷理佐子が、ヴァイオリンを弾くために、たまたま、その劇場にやってきたことがあって、私は、それから彼女のことをしるようになりました。その後、関口が就職活動で東京に出てきた時に、はとバスに乗ったところ、浅草で、美しいお姫さまに扮した女性を見かけた。てっきり鎌谷理佐子だと思っていたところ、それが上野の高級料亭『まつだいら』の娘、松平かえでとわかったと、その話を私にもしてくれました。あまりにもそっくりだというので、私もひとりで彼女を見に、上野へ出かけたことがあります。関口がいうように、本当に鎌谷理佐子にそっくりでした。私と関口は、六本木の劇場オーナーの小坂井さんにも話をして、彼も松平かえでを見にいったのではないかと思います。そんな時に事件は起きたんだと思います。事件があった時、死んだのは鎌谷理佐子に違いないと、最初にいったのは関口です。関口のいうところでは、相変わらず鎌谷理佐子を追いかけたが、それ以後いくら探しても見つからない。とすれば、東京で死んでいたのは料亭の娘ではなくて、鎌谷理佐子に違いないと、関口は判断したようです。警察に、手紙を出したともいっていました。東京で発見された死体は、料亭の娘ではない。そういう投書を書いて、警視庁に送ったと、関口は、そういっていました。それでも警視庁は、殺されたのは料亭『まつだいら』の娘だと断定して、捜査を続けている。しかし、あれでは事件は絶対に解決しないだろうとも、関口は、いっていましたね」

「そのほかに、どんなことが？」

「司法解剖の結果、被害者の左足の膝に打撲の跡が見つかったそうですが、その跡は、母親によれば、娘のかえでが階段から落ちた時の跡だから、間違いなく被害者は娘だと主張している。そんな話を新聞で見ました」

「それで私も、殺されたのは料亭『まつだいら』の娘、松平かえでで間違いないと断定しかけたんです。あなたたちのほうは、どうだったんですか？　その新聞記事を読んでも、殺されたのは偽者という考えは変わらなかったんですか？」

「私たちは、変わりませんでした。特に関口は、その新聞記事を見てますます、殺されたのは料亭の娘ではなく、自分たちのしっている鎌谷理佐子に間違いないと、自信を持つようになっていました。なぜなら、関口は、鎌谷理佐子が車椅子で『スーパー北斗1号』に乗っているところを見たからです。だから、逆に間違いなく、東京の被害者は料亭の娘、松平かえでではなく、鎌谷理佐子だという確信を持ったようです」

と、相原は、いった。

「その後、あなたたちは、どんなことをしたんですか？　たしか警視庁には、複数の投書が送られてきたことを確認しています」

「あれは、関口が出したものだと思います。私たちのほうでは、今もいったように、被害者が松平かえでではなくて、自分たちのしっている鎌谷理佐子だという確信が強くなったのですが、関口は、その頃、妙なことを考えましてね」

「妙なことというのは、いったいどんなことですか？」

と、亀井が、きいた。

「子供っぽいことを考えたんですよ。ほら、小説によくある話ですよ。まったくそっくりの女性がいて、この二人が、ある時突然、擦り替わった。それを関口は、松平かえでと鎌谷理佐子に、当てはめて考えたんですよ」

「それで、関口さんは、どうしたんですか？」

「最終学年で、時間がありましたから、上野の料亭『まつだいら』のことを調べ始めたんです。あの料亭は、たしか明治になってから開店した料亭ですよね？

その前は、大きな豪商だったという話もあったり、また、彰義隊が決起した時には、隊士が何十人か、その豪商の別邸に泊まりこんでいたり、そんな話もあるんだと、関口は、いっていました」

その時の彰義隊というのは、一時は三千人にも膨れあがった。隊士のなかには、さまざまな人間が入っていた。旧幕府軍として京都で戦い、敗れて江戸まで逃げてきて彰義隊に加わった者もいれば、旗本もいた。小藩の藩士や、新撰組の生き残りもいたという。

とにかく、さまざまな侍が加わって、三千人に膨れあがり、その一部の、何十人かが上野の、あの屋敷に寝泊まりしていた。

その三千人の勢いは、一時は新政府軍も手を焼くかに見えたが、いざ上野戦争が始まると、一夜にして新政府軍に敗北し、散り散りになってしまった。死傷者が何人も出た。

「その時に、上野戦争で死なずに、何人かがあの広大な別邸に逃げこみ、明治に入って数年経ってから、料亭を始めた。その時の主人の名前が『松平』ではなかったのか。その子孫が今、高級料亭『まつだいら』を経営している千代で、千代には娘がいた。ひょっとすると、その娘は双子で、美しく成長したのだが、幼い時、片方が誘拐されて、そのまま行方がわからなくなった。ああ、これは私が調べたり、考えたりしたんじゃなくて、すべて関口が調べて考えたことなんです」

「なるほど。上野戦争ですか。彰義隊崩れが生き延びて、その後、平和になってから料亭『まつだいら』を始めた。なかなか面白い話ですね。あったかもしれませんよ。何しろ、その頃、日本中が勤王と佐幕にわかれて戦い、江戸の町も上野戦争があったりして、滅茶苦茶になっていましたからね。だから、敗残兵のひとりが松平姓を名乗り、上野不忍池で料亭を始めたとしても、決して不思議ではありません。松平といえば名門ですから、その名前を生かして料亭を始めたとすれば、賢い話だと私も思いますね。とにかく明治になると、廃藩置県で藩というものがなくなって、多くの藩が潰れましたから。小さな藩で藩主が松平。それが武士をやめて料亭を始めたとしてもおかしくはありませんよ」

と、十津川はいい、続けて、

「そうですか。関口さんは、彰義隊と上野戦争のことを調べていたのですか」

「ええ、そうです。それと、料亭『まつだいら』のことです」

「その結果、関口さんは、どんなことをあなたにいっていたのか、もう一度教えてください」

と、十津川が、促した。

「とにかく、彰義隊というのは敗残兵の集合体みたいなもので、諸藩の藩士から旗本、それに京都などで新政府軍に負けた兵らが集まって、江戸を守ろうとした。そして、彼らは上野の寛永寺、浅草の浅草寺、あるいは上野周辺の宿屋などに分散して寝泊まりしていた。そのなかに現在の料亭『まつだいら』もあった。しかし、その頃、現在のような料亭は存在せず、大きな豪商の別邸だけがあった。そこに彰義隊の何十人かが寝泊まりしていたのはわかったが、その大きな家の主が、松平というわけではなかった。豪商だから、松平姓のはずはありません。それなのに、現在、松平を名乗っているのは、どういうことなのか。それをしりたいから、これからも彰義隊や上野戦争について調べてみると、そんなことを話していましたね。関口は、自分が調べたことを、大学生らしくノートにまとめていましたよ」

と、相原が、いったが、そのノートについては、

「私も、そのノートにどんなことが書かれているのか、それを読んでみたくて探しました。関口のマンションの部屋も調べたし、彼の両親にも会ってきいてみたのですが、そのノートは見つかりませんでした」

と、相原が、いった。

「関口さんは、もともと歴史に興味があったんでしょうか？」

十津川は、きいてみた。

「いいえ、彼は、むしろ経済や法律のほうに興味があって、歴史について興味があったとは思えませんが、今度の事件があってからというもの興味を持ち始めて、急に調べ出したんだと思います」

「どこにいって調べたんでしょうか？」

「彰義隊は上野で結成され、上野で敗れましたので、上野にある図書館か資料館にいって調べてくるとはいっていました」

と、相原は、教えてくれた。

十津川は、上野に戻ることにした。

3

時間がないので、十津川は、自分で資料を調べるよりは早いだろうと、亀井と、上野の資料館の館長に会って話をきくことにした。幸い、関口透も、彰義隊や上野戦争について調べるために、この資料館にきて、館長から話をきいたという。

若い館長が、

「関口さんのことは、よく覚えていますよ。彰義隊や上野戦争、そして、当時上野周辺にあった屋敷のことをしりたいのだといっていました。とはいえ、日本の歴史については、ほとんど知識がないらしいので、どうして急に彰義隊や上野戦争に興味を持ったのですかときいたんですが、それは教えてくれませんでしたね」

と、いった。

館長は、十津川に、関口にどんなことを話したのか、教えてくれた。

「彰義隊の成り立ちから敗北までです。最初は数十人だった人数が、その後三千人を超して一大勢力となり、新政府軍も持て余して、一時期、彰義隊を攻撃することをやめようとしていたところに、長州藩の大村益次郎が乗り出してきて、まず政治的に彰義隊を崩していき、孤立させたあとで突然、攻撃を命じ、彰義隊は一夜にして敗北しました。多くの死者を出し、逃亡者を出して、その逃亡者のなかには、その後、東北に逃げて会津戦争に参加した者もいるという話をしたのです。もともと、関口さんは、現在、上野にある高級料亭『まつだいら』に興味を持っていたらしく、あの店が、いつ店開きをしたのかとか、どうして『まつだいら』という名前なのかをきかれました」

館長は、能弁だった。

「それは、私も、大いにしりたいと思いますね。現在、料亭『まつだいら』がある場所に料亭はなくて、大きな豪商の屋敷があった。そこに彰義隊の何十人かが寝泊まりしていたという話をきいたのですが、それは本当の話ですか？」

と、十津川が、きいた。

「たしかにそのとおりで、あの場所にあったのは、料亭ではなくて大きな豪商の屋敷でした。そこに彰義隊の何人か、二十人から三十人ではなかったかといわれていますが、寝泊まりをしていて、その後、上野の寛永寺を中心として彰義隊を作り、新政府軍を迎え撃つことになったことは、はっきりしています。しかし、今も申しあげたように、新政府軍の大村益次郎のために一夜にして敗北し、多くの死者が出て、逃亡した隊士も出ました」

「そうなると、豪商の屋敷がどうして『まつだいら』という料亭になったんでしょうか？」

と、亀井が、きき、

「それで、館長さんは上野の料亭『まつだいら』を調べられたんですか？」

と、十津川が、きいた。

館長は、微笑して、

「いや、調べるというよりも、興味があったので、直接お話をききにいきました。何といっても、松平という名前は珍しいですからね。何か徳川家と関係があるのかどうか、それをしりたくてお話を伺いにいったのです」

「それで、どうでした？」

「幕末に、東海道の浜松に一万石の小藩がありました。藩主は、徳川家からきた松平君達。維新の時には、もちろん幕府方について新政府軍と戦いましたが、あっという間に敗北し、藩主の君達は一族を連れて、江戸の彰義隊に参加していたのですが、上野戦争で亡くなったか、会津戦争までいって亡くなったのではないか？　といわれています」

「松平君達という名前は、初めてききました。料亭『まつだいら』の来歴については、きいたり、調べたりしましたが、君達という名はなかったと思います」

「松平容保の縁者とか、容保の弟の定敬の子孫とかいう話でしょう。定敬は名家の生まれで伊勢桑名《いせくわな》の藩主でしたが、会津戦争から箱館での戦に関しては、わかっていますが、上野戦争に参加していない、というのが通説なんです」

「料亭『まつだいら』では、なぜそのようなことを、周囲にいいふらしたのでしょうか」

「料亭の経営に箔をつけたかったのではないでしょうか。松平君達が亡くなったあと、明治に入って松平君達の子孫が、武士の商法で、料亭を始めたといわれています。当時、松平君達とその子孫が持っていた、さまざまな家宝というのが、例えば将軍家からもらった懐剣とか文書とか、そういうものを全部見せてもらいましたよ。武士の商法で失敗したり、借金を重ねたりしたようですが、それでも何とか立ち直って、現在まで続く料亭『まつだいら』があるということがわかりました。上野戦争の頃の松平君達、浜松の小藩の藩主ですが、明治の初めに写したという古い写真が残っていました。その顔が、あの料亭の娘さん、今回不幸なことに亡くなりましたが、どこか面影が似ていましたね。それで、ああ、こうした経緯で小藩の藩主の方の血筋が、今もあの料亭に残っているのかと感心しましたよ」

館長は、その時に自分のカメラで撮ってきたという、松平君達の遺品の写真を何枚も見せてくれた。

「これは、いずれも間違いなく本物だということが、鑑定の結果から明らかになっています」

と、館長が、つけ加えた。

「このことは、札幌からやってきた関口さんにも話されましたか？　それから、写真も見せましたか？」

「本当は、プライバシーに関わることなので、お見せできないのですが、どうしてもということでしたので、この写真を見せてお話ししました」

「それで、関口さんは納得したようでしたか？」

「それがですね、突然、女性の写真をポケットから出して、こういったんです。殺された、料亭『まつだいら』のひとり娘は、この人じゃなかったですかと。たしかに、まったく同じ顔をしていました。ですから、その写真だけを見せられれば、私は『あ、この人ですよ』といったと思いますが、すでに殺された女性は、松平家のひとり娘、かえでさんと決定していましたから、そっくりではあるけれども、この人とは違いますよといっておきました。それでも『この女性も、問題の松平君達に似ていませんか？』と、再度いわれましたね。もちろん、似ているわけですよ。料亭『まつだいら』のひとり娘さんにそっくりなわけですから。そうしたら、こんなことをいっていましたね。『誰かが意図的に、二人の女性を擦り替えたのではないか。母親の、料亭の女将さんも、殺されたのが自分の娘ではないことをしっていて、自分の娘だと証言しているんじゃないか』そんなことまで関口さんは、いっていましたよ。しかし、そこまで疑うのはよくないのではないか。とにかく、捜査している警察が、殺されたのは、料亭『まつだいら』のひとり娘、松平かえでさんとして捜査しているんだから、とだけいっておきました」

「ほかに関口さんは、何かいっていませんでしたか?」

「その後、二、三日、うちの資料館で彰義隊のことや、上野戦争のことを資料で調べていたようですが、北海道に帰る時にこんなこともいっていました」

と、館長は、関口が北海道に帰りしなにいっていた話を、教えてくれた。

4

関口の話しでは、

「彰義隊は結成時、三千人もいた。そのなかには、京都で新政府軍に敗れた兵もいただろうし、江戸の旗本もいただろうし、城を追われた小藩の藩主とその家族もいたのではないか？

その小藩の藩主、例えば松平君達とその家族が、上野の大きな豪商の屋敷で寝泊まりしていた。

あの家だ。

上野で死ぬつもりだったが、病に倒れ、娘は死なせたくない。それに松平の名前も残したかった。

そこで、世話になった豪商の主に娘を預けたが、豪商一族は、上野戦争で新政府軍と戦った。

この時、娘は身ごもっていたのではないか？　だからなおさら、松平君達としては、この娘を死なせたくはなかったし、この世に松平の名前を残したかった。

それで、自分の持っている松平家の出自であることを証明するようなものを豪商に預け、自分の代わりに娘を助け、松平家を残してくれないかと頼んだ。

それだけのことをしておいて、上野戦争に参加して死んだ。あるいは、上野戦争では生き延びて会津戦争までいって、亡くなったのではないか？

豪商のほうは、侍になるのが夢だったから、松平君達の頼みをありがたく引き受け、身ごもっていた娘を引き取って、育てることにした。

そして、上野戦争ののち、豪商は松平家を名乗ることにした。当時は天下騒乱で、そうした混乱も怪しまれずに、いつの間にか豪商の家は、松平家を名乗っても、不思議がられないようになった。何しろ明治になってから、それまで姓がなかった人々にも姓が与えられるようになった時代だから、豪商の主が松平家の子孫を名乗っても、誰にも怪しまれなかったのではないだろうか？

その後、娘は子供を産んだ。その子が、さらに子供を産んで、それが問題の双子で、ひとりは料亭『まつだいら』の娘、松平かえで、もうひとりは何か理由があって養女にもらわれていって、鎌谷理佐子になった。

料亭『まつだいら』のほうでは、そのことは秘密にしていたが、当然、今の当主、女将の千代はしっていた。そして、何か理由があって鎌谷理佐子が殺され、それをしっていながら、千代はそれを自分の娘、松平かえでだと証言した。

その裏には、何か大きな秘密が隠されているのではないか？　そのことに警察は気がつかずに、捜査を続けているから、このままでは完全な解決には至らないのではないか？　それどころか、今のままでは関係者のなかに、新たに被害者が出るのではないか？　それが心配だ」

「これが、北海道に帰る時に、関口透さんが話していたことです」

と、館長が、いった。

十津川は、亀井と顔を見合わせた。たしかに新たな被害者〈六本木ショット〉のオーナー小坂井勉が北海道で殺されている。

十津川は、改めて、

「館長さんは、関口透が最後にいった話を、どう考えておられますか？　完全なる空想ですか？　それとも、ある程度リアリティーがあると思いますか？」

「最初は、まるで小説のような話だと思いました。しかし、今ではあり得ないことではないなと、考えているのですが、ただ、関口さんの話を肯定してしまうと、料亭『まつだいら』の女将さんが、なぜ自分の娘ではないとしりながら、死体を自分の娘だといったのかがわからなくなります。彼女は、しっかりした女性で、犯罪に与《くみ》するような方ではありませんから」

と、館長が、いった。

館長との話し合いのあと、十津川と亀井が、記念館で資料を調べている時に、相原から電話が入った。

少し怯えたような声で、

「実はあのあと、やたらに無言電話がかかってくるので怖くなって、札幌を出ました。現在、函館駅にいて東京に向かおうと思っているのですが、どこにいけば、十津川さんにお会いできますか？」

と、きく。

十津川は、少し考えてから、

「これから私は会津若松に向かうので、そこで会うことにしましょう」

と、伝えた。

上野戦争での戦死者のなかに、松平君達の名前はなかった。とすると、彼は会津戦争に加わったのではないか？　そう考えたのである。

十津川と亀井は、その日のうちに会津若松に移動し、駅近くのカフェで北海道から逃げてきた相原と会った。たしかに、相原は蒼白い顔をしていた。何回も無言電話がかかってきて怖くなったという彼の言葉は、本当だろう。

どこかで今回の事件の犯人が、関係者を見張っているのではないか？　十津川は、そう考えた。

そこで、コーヒーを飲み軽食を食べながら、十津川は、上野の資料館で館長にきいた話を、そのまま、相原に伝えた。

「関口は、そんなことまで、考えていたのですか？」

相原は、驚いた顔をした。

「たぶん、あなたにもその話をするつもりだったんだと思いますよ。ところが、急に関口さんは失踪してしまった」

と、十津川は、いった。

「関口も殺されたんでしょうか？」

相原が、きく。

「今のところは、それらしい話はありません。ですから、自分から逃げているのか、どこかに隠れているのかもしれません」

と、十津川が、いった。

その後、疲れているのと時間が遅くなったので、会津若松市内のホテルに泊まり、翌日、十津川は会津戦争の資料館に出かけた。

亀井と相原も同行する。

資料館で、会津戦争の時に幕府方、奥羽越列藩同盟方について戦い、亡くなっ

た人たちの名簿を見せてもらった。それをひと目見て、亀井が、

「ありましたね」

と、いった。

そのなかに、松平君達の名前があったからである。

その結果について、資料館の近くのカフェで、三人で話し合うことになった。

「関口が考えていたことの一つが、当たりましたね」

興奮した口調で、相原が、いった。

しかし、十津川は、冷静に、

「その後はあくまでも、現段階では素人の作文ですよ」

と、自分にいいきかせるように、いった。

「それで、これから何を調べるんでしょうか?」

と、相原が、きいた。

「会津戦争で死んだ松平君達、この人のことを調べたいので、これから浜松にいきます。浜松に小さな藩がありました。一万石です。松平君達は、その小藩の藩主だったわけですが、その藩主のことを調べたいんです」

「私もいきますよ」

と、相原は、勢いこんでいった。

一瞬、十津川は断ろうと思ったが、今、この相原信之をひとりにしておいては危険である。それならば、自分のそばに置いておいたほうが安全だろうと考えて、

「邪魔をしないという約束をしてくだされば、同行しても結構ですよ」

と、いった。

三人は、そのまま会津若松を出て、郡山《こおりやま》から東北新幹線を使って東京にいった。そして、さらに東海道新幹線で浜松に向かった。

強行軍である。

しかし、十津川も、亀井も、相原信之も、興奮していた。

現在の浜松市の郊外に、問題の小藩はあったのだが、土地の人の間では、松平君達の評判はあまりよくなかった。

幕府方として新政府軍と戦ったのだが、一日で敗北して、家族と共に江戸に逃げたからである。

その新幹線のなかで、十津川は、今まで一度も口にしなかったことを、相原に、いった。

「私たちは、東京で殺されていた女性が、料亭『まつだいら』のひとり娘のかえでではなくて、偽者の鎌谷理佐子だという判断に近づいています。そうなると、当然の疑問がわいてきますよね」

相原は、うなずいて、

「ええ、わかっています。本物の松平かえでは今、どこで何をしているかという疑問ですよね？」

いっきに、いった。

「そのとおりです。もし、現在、本物の松平かえでが危険な状態にあるのなら、一刻も早く助け出さなければならないし、そうすることが、今回の事件を解決することにもなると確信しています」

と、十津川は、いった。

第八章　守るべきものの価値

1

　十津川は、壁にぶつかった。

　車のなかで死んでいた女が、松平側が主張する松平かえでではないとすれば、本物の松平かえでは、どこにいるのか？

　なぜ、松平側が本物と主張するのかもわからない。

　今、十津川が一番会って話をききたい人間は、関口透だった。事件の直後に、あの死体は偽者だという投書をよこしたのが、関口だったからである。

　その関口が、行方不明のままだけではなく、彼のことをよくしる〈六本木ショット〉のオーナー、小坂井勉が殺されてしまった。それで、依然として、関口の消息が摑めないのである。

さすがの十津川も「参った」を繰り返していたが、そんな十津川をからかうように、料亭〈まつだいら〉では、遠縁の菊地洋（三十二歳）と、村上麻美（二十六歳）が結婚し、麻美は、正式に料亭〈まつだいら〉の若女将になっている。

その発表をききにいった三田村と、北条早苗の二人の刑事が帰ってきて、十津川に報告した。

「例の店の暖簾も新調され、活気に満ちていました」

と、三田村が、いった。

「葵の紋の入った、例の暖簾か？」

「そうです。千代は、すこぶるごきげんでした。これで『まつだいら』を守ることができると」

「菊地洋の父親の弁護士は、どうしているんだ？」

「表には出てきませんが、すべてを取り仕切っているのは、菊地貞朗だろうといわれています」

「今日の発表には、メディアもきていただろう？」

「そうですね。新聞よりも、テレビのほうが多かったです。敗れた小藩の藩主、松平君達が、自分は新政府軍と戦って死ぬが、松平の名前を継いで残してほしいと、その時世話になった豪商に頼み、その豪商が料亭『まつだいら』を今まで続けてきた話は、いかにもテレビ的ですからね。おそらく、今以上に、繁盛するんじゃありませんか」

と、早苗が、いった。

「料亭『まつだいら』にしてみれば、万事うまくいっているということか」

「そうです」

「ただ、私としては、何となく納得いかないんだがね」

十津川が、その記事を見ていた時、まちかねていた、関口からの電話が入った。

「心配していましたよ」

と、いうと、

「意識的に隠れていました。それに、携帯を盗まれましたので」

と、いう。

「今、どこです？」

「会津若松です」

「私も、会津若松にいったんですよ。松平君達が上野戦争では死なず、会津戦争で亡くなったときいたので、それを調べるために、いったんです」

「しっていました。会津若松で、十津川さんを見かけましたから」

と、関口が、いう。

「どうして、声をかけてくれなかったんですか？　あなたに、いろいろと、ききたいことがあったのに」

「そんなことをしていたら、私が殺されていましたよ」

「誰にです？」

「死んだのは、松平かえでだと主張している人たちにです」

「とにかく会えませんか。ききたいことが、山ほどあるんですよ」

「私も、そのつもりで電話をしたんです。ただ、申しわけありませんが、東京で会うのはあまりにも危険だと思うので、別のところに、していただけませんか？」

「それはつまり、誰かが、あなたのことを見張っているということですか？」

「見張っているかどうかは、よくわかりませんが、私を探していることは間違いありません」

「上野の料亭『まつだいら』の関係者は、マスコミを集めて、新しい若女将を発表したりしていますよ」

「ええ、しっています。その記事を今日、新聞で見たので、こうして十津川さんにお電話をしたのです」

どうも、その連中が私立探偵を雇って、自分のことを探しているらしいと、関口は、いった。

会津若松から東京に近くなる場所ではなく、遠くなる場所のほうがいいだろうということで、磐越西線《ばんえつさいせん》の新津《にいつ》で会うことにした。

その日、わざと、上野周辺で刑事たちを動かしておいて、十津川は、ひとりで上越新幹線に乗り、新潟《にいがた》に向かった。

終点の新潟で降りると、信越本線《しんえつほんせん》で、新津に向かった。

少し遅れて、磐越西線で、関口が新津に到着した。

すぐ駅近くのカフェでコーヒーを飲みながら、話し合うことにした。

最初に話したのは「スーパー北斗21号」のグリーン車で殺された小坂井勉のことだった。

「相原さんにきいたら、どうやら小坂井さんは、あなたに会いたくて、北海道にいったようですよ」

と、十津川が、いうと、

「私のほうも、小坂井さんに会いたかったのですが、動きが取れなかったんです」

「その時、あなたは、会津若松にいたのですか？」

「そうです。ずっと会津若松に、いました」

「会津戦争で、松平君達が死んだことは、私も会津若松にいって確信しましたが、ほかに、何を調べていたんですか？　確認するだけなら、一日あれば充分すむでしょう？」

「松平君達が亡くなった時、何かいい残したことはないか、それをしりたくて、調べていたんです」

と、関口は、いう。

「しかし、彼は、上野戦争の直前、世話になった豪商に、後事をすべて預けて、戦争に出向いていったわけでしょう？」

「ええ、そうです」

「それなら、会津若松で死ぬ前に、新しくいい残すことは、何もなかったのではありませんか？」

「そのエピソードは、今の料亭『まつだいら』の人たちが、勝手にいっていることですよ。裏づけになることは、何一つないんです」

「たしかにそうですが、松平君達には、身ごもっている娘がいて、その娘を豪商に頼んでから、上野戦争に出向いたというのは、事実ですよ」

と、十津川が、いった。

「そうです。上野戦争の一カ月後に、その娘さんは、女の子を産んでいます」

「よくしっていますね」

「今度の事件のことがあったので、いろいろと調べたのです。ところで、父親の松平君達が会津戦争で亡くなったのは、その一週間後です」

「そのことに、何か、意味があったのでしょうか？」

「松平君達は、上野戦争で、死ぬ気だっただと思うのです。小藩とはいえ、一つの藩の藩主でしたからね。それが、家臣の裏切りで、新政府軍に一方的に敗れ、娘を連れて上野まで逃げてきたわけですから、上野を死に場所と、考えていたと思うのです。それなのに、会津までいっているのは、ひとえに娘のことが、心配だったからだと思うのです」

「しかし、娘のことは、豪商にすべて頼んでから、上野戦争に出陣したわけですよ。それなのに、なぜ心配したのでしょう?」

「それは、豪商が信用できなかったからじゃありませんか」

と、関口は、いった。

その言葉に、十津川は、思わず「なるほど」と、うなずいていた。

「松平君達といえば、名門の藩主だ。その松平君達が、自分の名前もゆずって、あとのことを豪商に頼んで、上野戦争に出陣した。戊辰戦争を飾る、微笑ましいエピソードとして受け取っていたが、それは、現代の感覚なんだ。それを忘れていた」

「そうですよ。まだ廃藩置県の前で、徴兵制度だって敷かれていませんでしたから、武士と農民、商人などで構成されていたといわれていますが、よく調べてみると、幕末の長州には正規の軍隊が、武士だけでできあがっていて、高杉晋作が新しい軍隊を作ろうにも、武士がいなかったんです。それで仕方なく、農民、商人などを集めて、奇兵隊を作ったというのが本当らしい。その奇兵隊が藩内の勢力を手に入れると、晋作は農民や商人に対して、自分たちの仕事に戻れと命じていたといわれています」

「そうです。ところで、問題の豪商ですが、不忍池の近くに屋敷があったので、池之端《いけのはた》の甚太郎《じんたろう》と呼ばれていたようです。つまり、正規の武士ではなかったんですよ。そんな男に、一国の藩主が松平の名前をゆずったり、娘の将来を託すとは、到底思えません。娘といっても、当時でいえば、一国のお姫さまですから」

「しかし、上野戦争のあと、松平君達が死んだといわれて、その直後、池之端の甚太郎の息子、甚一郎《じんいちろう》と松平君達の娘とが結婚し、そのあと、池之端姓をやめて、松平姓を名乗るようになり、その夫婦の子として、女の子が生まれている。孤児となった、娘を助ける形の結婚で、一種の美談になっている」

「そんなことを、松平君達が、頼んだとは思えないんです。当時の意識としては、身分が違いすぎますからね。たぶん、金銭や松平家の家宝などを与えて、四散した家臣を探すとか、何とかして藩を再興することを頼んだのではないかと思うのです。池之端の甚太郎は、それを裏切って、すべて自分のために利用したんじゃないか、私は、そんなふうに考えたのです」

「それで、松平君達の最期について、何かわかりましたか？」

「松平君達は、敗残者ですが、何といっても会津藩主、松平容保と同じ松平姓だったので、藩士二十名を与えられて、国境いの寺領に拠っていました。ほかの会津藩士たちは、すでに鶴《つる》ヶ城《じょう》に入って、籠城しています。新政府軍が、国境いを越えて殺到すると、松平君達と二十名の部下は、全滅しています」

「それは、私も調べてわかっている。松平君達の死が確認されたので、彼の松平は、豪商の池之端の甚太郎に引き継がれ、料亭『まつだいら』に生まれ変わったのだと納得したんだが、松平君達が死去したあとのことも、何かわかったんですか？」

「松平君達は、浜松の小藩主ですから、何も残っていませんが、部下の二十名は、もともと地元会津の藩士ですから、その子孫は、会津に残っています。そこで、その子孫を訪ね回って、松平君達のことで、何かきいていなかったかを調べました。それでわかったことが、いくつかあります。一つは、松平君達が、江戸からの便りを、待ち望んでいたらしいということです。たぶん、自分が上野戦争の直前に、池之端の甚太郎に頼んでおいたことがどうなったのか、その便りを、待っていたんだと思います。娘の子供は無事に産まれたのか、松平家を残すことに、甚太郎が努力してくれているのか、その便りを、待っていたんだと思います」

「それを、甚太郎が裏切ったというわけか。どうせ、松平君達は、途中で死ぬに違いないと思っていたんだろうね。上野の彰義隊は、所詮は烏合の衆だし、北には、いくらでも逃げる場所がある。しかし、会津は、どんづまりです。会津を主藩とする奥羽越列藩同盟が敗れれば、幕府は終わりです。当然、松平君達も生きてはいられないだろうと、池之端の甚太郎は、計算したんだろうと思いますね。だから、預かった金子も家宝も、すべて自分の懐に入れてしまい、松平家の名も手に入れ、料亭を開いた。そんなところかもしれません。美談はなかったと、いうところですね」

と、十津川は、苦笑した。

このあとは、お互いが手に入れた情報の交換になった。

松平君達が、池之端の甚太郎に預けた娘の名前は、かえでだった。小藩の藩主のお姫さまの名前である。

松平君達が死んだあと、娘のかえでは、甚太郎の息子、甚一郎と結婚した。

しかし、その時、甚一郎がかえでの婿になった形で、以後、新しい松平家が誕生し、松平君達から預かった金子や家宝を使って、料亭〈まつだいら〉が誕生した。

生まれた娘は、弥生《やよい》と名づけられた。当時、流行の名前である。

料亭〈まつだいら〉は、うまくいっていた。

松平甚一郎は、その後、遠縁の若者を、ひとり娘の弥生と結婚させ、婿に迎え入れている。

この頃、勢力を伸ばしていた軍部に取り入り、料亭〈まつだいら〉は、軍人たちに、よく利用されるようになっていく。

そして昭和の初期、弥生は婿をとり、君枝《きみえ》が誕生した。

その頃、日本は太平洋戦争に突入していた。

B29による東京大空襲で、下町は火の海になった。が、料亭〈まつだいら〉は、幸い焼け残った。

そして、終戦。

料亭〈まつだいら〉は再開。

戦後の復興期に、君枝は婿をもらい、生まれたのが千代で、同じく、婿をもらった。これも遠縁の男である。こんなところに、手に入れた松平の名前を守ろうという願いが、現れているようである。

千代は、双子の女の子を産んだ。

ひとりは、松平君達の娘、当時の呼び方をすれば、松平家の息女と同じ、かえでの名がつけられた。

たぶん、松平君達に松平姓をゆずられた幕末のエピソードに、より真実味をもたせようとしたからだろう。

双子のもうひとりは、なぜか鎌谷家にもらわれて、鎌谷理佐子となった。

そこで、この鎌谷家について、十津川も調べ、関口も調べた。

その結果、鎌谷家も、遠い親戚であることがわかったが、親戚の間では極めて評判が悪く、法律に触れるようなことをやっているのではないかという噂さえあって、つき合いはほとんどなかった。

親戚の間でも、除け者になっていて、他人の感じだった。

事実、この鎌谷家の男は、何回か警察に逮捕されている。

そんな鎌谷家に、なぜ、双子のひとりを、養女として出したのか？

鎌谷家に子供がなかったのは事実だが、親戚中で、除け者にされていて、他人扱いの相手である。

なぜ、そんなところに娘をやったのだろうか？

この疑問の答えとして、十津川と関口が見つけ出した結論は、脅迫だった。

詐欺罪で、何度か逮捕されている鎌谷は、餅は餅屋で、池之端の甚太郎が松平姓を手に入れ、料亭〈まつだいら〉を始めたことに、疑惑の匂いを感じ取り、おそらく脅迫したに違いなかった。

そこで、仕方なく、双子のひとりを鎌谷家に、養女としてやったのではないか。これが、二人の推理だった。

この答えは、まだ出ていないが、鎌谷家は、ほかの親戚とはつき合いがないので、そこに養女にやったことは、自然に忘れられ、話題にもならなくなった。

その上、鎌谷家は北海道で、松平家は東京の上野である。

しかし、日本中に新幹線が走り、航空便も飛び回るようになったので、二人がぶつかるケースも、自然に増えていくことになる。

「私は、北海道の『スーパー北斗1号』のグリーン車のなかで、初めて鎌谷理佐子のことを見たんです」

と、関口は、いった。

「あの時、美しい女性が、車椅子を使って列車に乗っていてびっくりしたのですが、今になってみると、あれは車椅子のなかに、何か非合法なものを隠して運んでいたような、そんな気がするのです」

「彼女を、見かけなくなったのは、そのあとですか？」

「そうですが、いつから見かけなくなったのか、正確にはわかりません」

と、関口は、いった。

「それは、私が調べますよ」

十津川は、その話をするために、北海道警に電話した。結果は、すぐに出た。

鎌谷夫妻は、輸入禁制品を、漁船と車椅子を使って運びこんだことで逮捕され、現在、仙台《せんだい》の宮城《みやぎ》刑務所に収容されている。

ひとり娘の理佐子は、両親の逮捕時に行方がわからず、今も行方不明のままである。

これが、道警の回答だった。

この回答を受けて、そのあとの推理は、二人でわかれた。

関口は、こう推理した。

「鎌谷家では、養女にもらった理佐子を自分たちの巻き添えにしたくなくて、松平家に返して、かえでの名前で匿ってくれと頼んだんじゃありませんか。松平家では、何か理由があって殺してしまいましたが、鎌谷理佐子として殺したのでは、警察がうるさいので、松平かえでとして、殺したのではありませんかね」

だが、この考えに、十津川が首をかしげた。

「殺す理由ができたのなら、自分の娘であるかえでの名前で殺さずに、鎌谷理佐子として、自殺に見せかけて殺すのが、自然でしょう。そうしておけば、北海道警を、納得させることもできますからね」

と、十津川は、いった。

「しかし、鎌谷理佐子が、しばらくの間、料亭『まつだいら』にいたことは、間違いありませんよ。松平かえでとしてです。ですから、料亭内で採取した指紋も、偽者のかえで、鎌谷理佐子のものに、一致したんだと思います」

と、関口は、いい返した。

「そう考えれば、指紋の一致した説明がつきますが、本物の松平かえではどこにいるのか、どうなっているのか、という疑問が残ってしまいますよ」

と、十津川は、いった。

十津川はその夜、関口の安全を考えて東京に連れ帰り、捜査本部に近いホテルに、泊まらせることにした。

それに、まだ二人で、互いの推理を話し合う必要があったからでもある。

2

翌々日、松平家では、上野の神社で、菊地洋と村上麻美の結婚式がおこなわれ、夕方六時から料亭〈まつだいら〉で、多くの客を招待して、披露宴が開かれた。

十津川にも、招待状が届いていた。

そのことを、関口に話すと、

「私を、その披露宴に、連れていってくださいませんか」

と、いわれた。

「連れていくのは構わないが、しかし、危険だよ」

と、十津川がいうと、関口は、逆に、

「だからこそ、いきたいのです。鎌谷理佐子を、松平かえでとして殺したのは、料亭『まつだいら』の連中に間違いないだろうと思っていますし、連中は、小坂井さんをも殺したとも思っているのです。ですから、披露宴に顔を出したいのです」

と、いい返した。

「あなたを見て、向こうが、どんな顔をするのか、それを見てみたいんですね？」

「そうです」

「わかりました。それじゃあ、一緒にいきましょう」

二人で料亭〈まつだいら〉に向かった。

午後六時から始まった披露宴は、かなり盛大だった。

女将の千代の才覚なのか、菊地弁護士の根回しなのか、副知事や区長が顔を見せているほか、閣僚からの祝電が、何通も寄せられている。

十津川は、千代と菊地の二人と結婚した二人からも、笑顔で迎えられた。歓迎されたわけではなくて、十津川がくることを、予測していたからだろう。

しかし、関口に対しては、明らかに違っていた。

戸惑い、千代は怒っていた。今夜は、さすがに弁護士の菊地は、

「どなたでしょうか？　招待客だけの祝い事なので、一般の方には、ご遠慮願っているのですが」

と、落ち着いた顔でいったが、関口を、前からしっている目だった。

「私の友人で、お祝いをいいたいというので、連れてきました」

十津川は、いい、関口が、若い二人に向かって、

「おめでとうございます」

と、いう。

千代も菊地も、十津川が傍らにいるので、関口に向かって、帰れとはいえなくなった。

十津川は、関口の手を引くようにして、祝いの席に入っていった。

集まった人たちが、小さなかたまりをいくつか作っている。

「おかしいですよ」

と、広間を見回しながら、関口が小さな声で、いった。

「何が？」

「松平かえでの写真が、一枚もありませんよ」

「今日は、彼女には関係のないお祝いだし、彼女は、すでに死んだことになっているんだから、仕方がないだろう。しかも、かえでは殺されたんだ。祝いの席に、彼女の写真は、ふさわしくないと思ったんだろう」

「そうかもしれませんが、松平かえでも親族のひとりですし、それにもう一つ、彼女の友人もまったくきていませんよ」

と、関口は、いう。

「松平かえでは、東京の、K大の卒業だったよね？」

「そうです。在学中に、ミス・キャンパスにもなっています」

「招待されていても、遠慮してこないのかもしれないよ」

「それでも、ひとりぐらいは、様子を見にきてもいいじゃありませんか。これは松平家の慶事だと、来賓が、そういっていたんですから」

「たしかに、ここの女将も、そういっていましたね」

「ひょっとすると、松平かえでの友人は、拒否されているのかもしれません」

「そう思うんですか？」

「これから彼女の大学の友だちの名前をきいて、会ってみたいと思っています」

「友だち捜しは、警察に任せなさい」

二人は、披露宴をあとにすると、十津川は、亀井に電話して、松平かえでの大学時代の友だちの名前と、現在の住所、携帯電話の番号を調べてくれるように、いった。

それがわかるまで、二人は、上野駅の傍らのホテルのロビーで、待つことにした。

一時間もしないうちに、亀井から連絡が入った。

「K大の事務局できいたところ、松平かえでの大の親友で、東京に住む女性がわかりました」

と、教えてくれた。

名前は、沢田《さわだ》ゆかり。独身で、現住所は東京の小田急線経堂《おだきゅうせんきょうどう》駅近くのマンション。電話番号を教えられたので、十津川が、すぐ連絡を取った。

幸い、今日は会社を休んでおり、一日在宅しているというので、関口と二人で、すぐ訪ねることにした。

彼女が独身なので、マンション近くのカフェで会った。

沢田ゆかりは、今回の結婚式にも披露宴にも招待されていないと、いった。

「でも、かえって助かりました。もし招待されたとしても、いかないつもりでいましたから」

「それは、かえでさんのことで、何かこだわりがあったからですか？」

と、関口が、きいた。

「ええ、正直にいうと、実はそうなのです」

「どんなこだわりですか？」

関口は、若者らしく、単刀直入に質問する。

「かえでは、在学中は、松平という名前に、誇りを持っていたんだと思います。でも、卒業して、料亭『まつだいら』の若女将といわれるようになってから、家に伝わる話に疑問を持ち始めたんです。松平家の殿さまが、自分の死を覚悟して、世話になった豪商に松平を継いでくれと頼み、それを引き受けた豪商は、松平を名乗ることにし、また、料亭『まつだいら』を開いたという、自分の家のエピソードに、かえでは、疑問を持つようになったんです。いかに幕末の混乱期であったとしても、藩主が一介の豪商に、松平という名家をゆずるなどということはあり得ない。とすれば、自分の先祖は、松平という名前と家系を奪ったか、あるいは、騙し取ったのではないかと考えるようになったと、かえでは、私にいいました」

「しかし、それは、自分を否定するようなもんじゃありませんか？」

「彼女も、そのことに悩んでいましたよ。でも、一度、疑いを持ってしまうと、自分を誤魔化せないんだとも、いっていましたね。もう少し、大人になったらとも、私はいったんです。誰も料亭『まつだいら』の歴史を疑ってはいないし、微笑ましいエピソードだと思っている。今のままでも、誰も傷つかないんだから、それでいいんじゃないのと、いったんです。でも、彼女、誰よりも純粋な人だから、自分を騙せなかったんです。だから、それを原稿にまとめて発表する。自分は、家を出るともいっていたんです。心配でした。そうしたら、突然、かえでと連絡が取れなくなってしまったのです」

「それで、どうしました？」

「家に会いにいきました。そうしたら、お母さんが出てきて、かえでは、突然意識を失って倒れてしまった。それで、知り合いの病院に入院させたのだが、意識不明の状態が続いていると、いったんです。お見舞いにいきたいといったんですけど、今は面会謝絶で、申しわけないけど、誰も会うことができないといわれてしまって」

「それから、どうなりました？」

「それからも気になって、四日ほどして、再び家を訪ねたら、またお母さんが出てきて、かえでは、退院して、家に戻ってきて、若女将として、店にも出ているというんです。びっくりしましたが、ほっともしました。でも、精神的に不安定だというので、お母さんは、かえでとは会わせてくれませんでした」

「そのあとは、どうでした？」

「それから、一週目でしたか、突然、かえでが行方不明になって、お母さんは、警察に捜索願を出したといっていました。そのあとは、皆さんご存じのとおりです。彼女の乗っていた車が見つかって、その車内で亡くなっていたんです。いったい何があったのか、私には何もわかりません。警察の方のほうが、よくわかっていると思いますが」

「彼女は、自分の家系に疑問を持っていたんですね？」

「ええ、そうです」

「そのことを証明するようなものは、何かありませんか？」

「私は、持っていませんけど、彼女の先輩が『日本の歴史社』という出版社で働いているので、先輩の助言もあって、自分の考えをまとめた原稿を、その出版社の雑誌に発表するつもりでいるとは、いっていました」

と、ゆかりは、いった。

3

すでに午後十時に近かった。

そこで、二人は翌日、四谷《よつや》にある〈日本の歴史社〉を訪ねた。

そこで働く、かえでの先輩、渡辺智子《わたなべともこ》に会って、原稿のことをきいてみた。

「ええ、たしかに彼女から原稿を預かっています」

と、いう。

「それでは、その原稿を見せてください」

と、十津川が、いった。

しかし、

「それは駄目です」

と、渡辺智子にあっさり、拒否されてしまった。

「どうしてですか？」

「彼女から原稿を預かった時、松平かえでさんと約束しました。彼女のオーケイがでるまで発表しないし、誰にも見せないとです。ですから、たとえ警察の方でも、お見せできません」

「松平かえでさんは、殺人事件の被害者で、その捜査の参考資料でもあるんですが、それでも見せてもらえませんか？」

十津川が、きいたが、相手は、顔色を変えずに、

「どうしてもとおっしゃるのでしたら、令状を持ってきてください」

と、いう。

「松平家の方からも、その原稿を渡してくれといってきているんじゃありませんか？」

これは、関口が、きいた。

「母親から、渡してほしいという要求がありました」

「それで？」

「お断りしました。本人以外にはお渡しできません」

「母親でも、駄目ですか？」

「もちろんです」

「それでは、内容について、話してもらえませんか？」

「駄目です」

「内容は、想像できるからいいです」

と、関口がいい、十津川は、

「警察の令状が出るまで、誰にも渡さないでください」

と、いってから、わかれることにした。

捜査本部のそばのホテルに戻ったあと、二人は、ロビーでまた話し合った。

「だいたいのことが、わかってきましたね」

と、十津川が、いうと、

「私にも、わかってきました」

と、関口が、応じた。

「料亭『まつだいら』を取り仕切っている母親や、相談役の弁護士は、狼狽したんじゃありませんか。へたをすると、商売に障ってきますし、松平の名前が、傷つくことにもなってしまう。慌てたが、かえでの気持ちは変わらないし、原稿を出版社に渡してしまっている。そこで、彼女を監禁したんじゃないですかね。彼女のオーケイがなければ、雑誌に載らないとわかったからです。そうしておいて、母親の千代や弁護士は、かえでを説得したり、脅かしたんじゃないかと思います。しかし、かえでは、説得に応じようとはしなかった。それで、母親たちはかっとなって、殺してしまったか、あるいは逆に、かえでのほうが失望して自殺したか、そのいずれかにしても、彼女は亡くなったんだと思います。そのことに、母親たちは、慌てたと思います。これでは、自分たちが殺したと疑われるからです」

と、いった。

そのあとを受け継ぐように、十津川が、自分の考えを口にした。

「慌てた母親たちは、とにかく、かえでは生きていることにしなければならなかった。そこで、養女に出した鎌谷家から理佐子を連れてくることにした。しかし、鎌谷家は、オーケイしない。そこで、理佐子の両親を詐欺と密輸入で警察に訴えたんだ。前々から鎌谷夫妻が犯罪的な仕事をやっていたから、警察はすぐに二人を逮捕した。そうしておいて、娘の理佐子を、かえでにして、自宅に匿った。かえでが、生きている証拠としてだ。だから、関口さんから見れば、鎌谷理佐子が、突然、消えてしまったことになる。彼らは、かえでが病院から退院してきたことにして、急場をしのいだ。しばらく、理佐子を料亭に住まわせ、彼女の指紋を、料亭の隅々までつけさせておいてから、彼女を殺すことにした。そのままでは、いつか、かえでが偽者だということがわかってしまうからね。しかし、ただ急死したのでは、作為がばれてしまう。そこで、犯罪に巻きこまれて死んだという計画を作った。ある日の夕方、かえでに外から電話があり、車で出かけていったまま帰らず、行方不明になったというストーリーだ。そのあと、車のなかで死体となって発見される。何かの事件に、巻きこまれた形だ。かえで本人かどうかを調べても、料亭のなかについている指紋は、理佐子のものばかりにしてあるから、疑問は持たれない。われわれ警察にしても、肝心の指紋や掌紋が一致しているので、本人と断定せざるを得なかった。ただ、関口さん、あなただけは疑って、警察に投書をしたんだ」

「自信はなかったんですよ」

と、関口は、いった。

「ただ、鎌谷理佐子が行方不明になっていたので、ひょっとするとと思ってはいたんです。友だちの相原や『六本木ショット』の小坂井さんも、少しおかしいと、いい出したんです。小坂井さんは、自分の小さな劇場で、鎌谷理佐子がヴァイオリンを弾くのをきいていますからね。亡くなった料亭の娘について、ヴァイオリンの話が出てこないので、おかしいと思ったといっていましたね。なぜなら、かえでが退院してからの間に、ヴァイオリンを弾いているのを見たという証言があったからです。それなのに、かえでとヴァイオリンの話が、一向に伝わってこない。それは、偽者のかえでが、ヴァイオリンと関係があったからじゃないのかと疑ってしまったのです」

「今後の話だが、警察としては、松平かえでは毒殺されたと判断しているから、何としてでも、犯人を逮捕しなければならない。もちろん、本当に殺されたのは、鎌谷理佐子だとわかっている」

「あの死体は、鎌谷理佐子ですから、松平かえでの死体が、どこにあるのかもしりたいですね」

「もちろん、警察も、絶対に捜し出すつもりだ。そうしなければ、事件が完全に解決したとはいえないからね」

「事実を、母親の千代や弁護士の菊地たちはしっていると思いますから、彼らに、それを自供させる必要がありますね」

「自供すると思いますか？」

「いや」

「それなら、どうしますか？」

「罠をかけて、自供させるよりほかに、仕方がないかもしれませんね」

「私は喜んで、協力しますよ」

と、関口が、いった。

4

十津川は、ひそかに行動した。

殺人事件の捜査に必要なので〈日本の歴史社〉に対して、松平かえでの原稿を提出するようにという令状を、裁判所に請求した。

「原稿の提出は、来月の十日までにしてください」

十津川は、裁判所に、いった。

担当者は、十津川の言葉に驚いて、

「そんなにゆっくりでいいんですか？」

「ええ、ぜひ、十日までにと期日を入れておいてください」

と、十津川は、わざと念を押した。

そうしておいてから、十津川は〈日本の歴史社〉のオーナーと、渡辺智子の二人に会った。

「裁判所に、原稿の提出を命じる礼状を出すように頼みました」

と、伝えると、

「あの原稿は、亡くなったかえでさん本人が、雑誌での発表を強く望んでいたものですよ。それを、警察に渡すのですか？」

まず、渡辺智子が、抗議した。

「令状は、来月の十日までに原稿を提出せよと、期限を切ったものになるはずです」

と、十津川は、わざと、いった。

「それが、何か意味があるんですか？」

今度は、出版社のオーナーが、いう。女性社長である。

「雑誌が出るのは、二十日頃でしょう？　原稿を十日までに入れれば、その月のうちに雑誌に載せられるとききましたが」

「まあ、そうなんですが、原稿を書いた本人が死んでいるんですから、雑誌に載せるのは難しいですよ」

「松平かえでさんに一番近い親族は、母親でしょう？　それなら、母親に相談したらどうですか？　原稿の内容を話せば、母親の責任で、来月号に載せることができるのではありませんか？」

と、十津川が、いった。

それでも黙っている二人に向かって、十津川が、

「原稿の内容を、母親の千代さんに詳しく説明すれば、賛成するはずですよ。亡くなった松平かえでさんの遺稿だということになれば、大いに注目を浴びると思いますね」

と、誘うようにいう。

「警察も、雑誌への発表をすすめるんですか？」

渡辺智子が、きく。

十津川は笑って、首を横に振った。

「警察は、そういうことには関係しません。あくまでも中立です。松平かえでさんの母親には、警察のことは何もいわないでください。すべて母親の自由ですから」

「わかりました。考えてみます。松平かえでさんの母親にも相談してみましょう」

と、二人は、約束した。

「原稿は、今、どこにあるんですか?」

最後に、十津川が、きいた。

「会社の私の机の引き出しのなかに入っています」

と、渡辺智子が、答え、二人は帰っていった。

5

十津川は、このあと、直ちに作業に入った。

〈日本の歴史社〉の写真を、何枚も用意し、細かい図面をコピーしてから、刑事たちを集めて、捜査会議を開いた。

全員に写真と図面のコピーを渡した。

「今から来月十日までの間に、料亭『まつだいら』の誰かが、四谷の『日本の歴史社』に忍びこむ。目的は、亡くなった松平かえでの原稿を盗むためだ。その原稿は、編集者の渡辺智子の机の引き出しに入っている。犯人が盗んだのを確認したら、直ちに逮捕する。チャンスは一回だけだと思って、慎重に、かつ大胆におこなってほしい。もし、これに失敗したら、事件解決のチャンスが遠のくと覚悟してくれ」

「その原稿は、どんな形なのかわかりますか？」

若い日下刑事が、きく。

十津川は、用意した紙袋を、刑事たちに示した。

「原稿の枚数は、五十六枚。それが、この大きさの茶封筒に入っている。ガムテープで封印され、封筒の表には『「松平の歴史の真実」原稿』と書かれ、裏には『松平かえで』と書いてある。黒のマジックだ」

「『日本の歴史社』がオープンしている時間は、わかりますか？」

「午前は九時から、午後の五時までで、土日は休みだ。ただ、出版社の入り口は車道に面しているから、昼間、忍びこむのは難しい。したがって、ウィークデイの夜間か、あるいは土日の夜間の可能性が強い」

「向こうは、警察に対して協力的ですか？」

と、三田村刑事が、きく。

「いや。逆だし、罠をかける話はまったくしていない。そのつもりで動いてほしい」

最後に、十津川は〈日本の歴史社〉の社員について説明した。

「この会社は、女性社長ひとり、社員、すなわち編集者だが、それが十二人の合計十三人の小さな出版社だ。ここに全員の名前、写真、年齢、身長などが用意されている。午後五時終業だが、残業している場合もあるから、間違えないようにしてくれ」

と、十津川は、いった。

〈日本の歴史社〉は、三階建ての小さなビルで、地下に駐車場がある。

隣は八階建てのマンションだが、一階の二部屋が空いていたので、そこを借りて、来月十日まで、七人の刑事が交代で寝泊まりして、見張ることにした。

〈日本の歴史社〉と、通りを隔てた反対側に、小さなカフェがあった。

そのカフェと交渉して、来月十日までそこの二階を借りることができたので、十津川と亀井の二人は、二階建てのカフェの二階に泊まりこんで、そこから〈日本の歴史社〉を監視することにした。

合計九人による監視である。

来月十日まで一カ月の勝負である。

その勝負が始まった。

一方、地元の上野警察署に頼んで、料亭〈まつだいら〉の動きを見張ってもらうことにした。

この店は、一般の会社が土、日が休みなのに対して、毎週水曜日が休みである。

一日目、二日目は何の動きもなかった。

(これは時間がかかりそうだな)

と、十津川は、覚悟した。

「来月十日に期限を切ったのは、間違いだったかな」

と、十津川がいうと、亀井は、

「雑誌の締め切りは、毎月十日ですから、これ以外の日を指定すると、相手に用心されてしまいます。来月の十日にしたのは、正解ですよ」

と、いった。

月が替わった。

緊張感が高まっていく。

そして、水曜日の夜。

上野署から連絡が入った。

「今夜は、いつも以上に料亭『まつだいら』が明るいですね。休みですが、みんなで何か騒いでいるようですね」

と、いう。

（今日、くるぞ）

と、十津川は、直感した。

日本の歴史社ビルは、五時の定時で全員が帰り、ビル全体の明りが消えた。

三階が社長室で、二階と一階に社員（編集者）の机が並んでいる。

午後十一時すぎに、裏口から二人の人影がビルに忍びこんだ。

二階に、渡辺智子の机がある。

二人の影が、ゆっくりと階段をあがっていく。

小さな明りが点く。

その明りが動いていて、渡辺智子の机のところで止まった。

一番下の引き出しをあける。入っていた原稿をひとつずつ取り出して、茶封筒に書かれた文字を確認していく。

「これだ」

と、ひとりが、小声で、いう。

「なかの原稿も確認して」

もうひとりも小声だ。

「確認した。間違いない」

「逃げましょう」

二人は、手を繋ぐようにして、一階へおりる階段に向かって動く。

とたんに、三階から大声が飛んだ。

「問題の原稿を盗んだことを確認。逃げるな！」

二人が、必死で一階への階段をおりようとする。

とたんに、一階からも刑事たちが駆けあがってきた。

挟み撃ちになって、立ちすくむ二人に向かって、強烈な懐中電灯の光りが向けられた。

「なんだ。料亭『まつだいら』の新婚さんじゃないか」

「新婚旅行は四谷ですか」

刑事たちは、冗談をいいながらも、しっかりと、二人に手錠をかけていった。

五分後、別の刑事のグループが、上野の料亭〈まつだいら〉に急行し、女将の千代と、弁護士の菊地貞朗を逮捕した。

松平かえで
鎌谷理佐子
小坂井勉

この三人に対する殺人容疑だった。

四人は、意外にあっさりと自供した。

松平かえでの死体は、店の前の不忍池から発見された。

千代の自供によれば、かっとして殺したのではなく、かえでに原稿を書いて、出版社に渡したといわれて、絶望的になって殺したのだと、いった。

死体は、そのまま料亭のなかに隠しておいたが、弁護士の菊地が千代を叱りつけ、死体を袋に入れ、ロープでがんじがらめにしたあと、自分で深夜、不忍池の中央部までボートで運んで沈めたと、自供した。

その死体は、少しばかり腐敗した状況で、引き揚げられた。

そのあと、十津川が、千代に、

「どうして、あっさり自供したのかね？」

と、きくと、彼女が、答えた。

「松平の名前を守っていくことに疲れてしまったんです」

〔この作品はフィクションで、作中に登場する個人、団体名など、すべて架空であることを付記します。〕

本書は二〇一九年五月、小社より刊行されました。

双葉文庫

に-01-99

スーパー北斗殺人事件《ほくとさつじんじけん》

2021年5月16日　第1刷発行

【著者】
西村京太郎《にしむらきようたろう》

【発行者】
箕浦克史
【発行所】
株式会社双葉社
〒162-8540 東京都新宿区東五軒町3番28号
［電話］03-5261-4818(営業)　03-5261-4831(編集)
www.futabasha.co.jp（双葉社の書籍・コミックが買えます）
【印刷所】
大日本印刷株式会社
【製本所】
大日本印刷株式会社
【カバー印刷】
株式会社久栄社

【フォーマット・デザイン】
日下潤一

ISBN978-4-575-52465-9 C0193
Printed in Japan

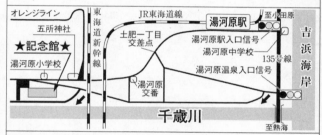